시작시인선 0136

뱀이 된 피아노

시작시인선 0136

뱀이 된 피아노

찍은날_2012년 4월 3일
펴낸날_2012년 4월 6일

지은이_신정민
펴낸이_채상우
등록번호_제301-2012-033호
등록일자_2006년 1월 10일

주소_100-380 서울시 중구 동호로27길 30, 510호(묵정동, 대학문화원)
전화_02-723-8668
팩스_02-723-8630
홈페이지_www.poempoem.com
이메일_poemsijak@hanmail.net

ⓒ신정민, 2012, printed in Seoul, Korea

ISBN 978-89-6021-167-4 04810
     978-89-6021-069-1 04810(세트)

*이 책 내용의 전부 또는 일부를 재사용하려면 반드시 저작권자와 (주)천년의시작 양측의
 동의를 받아야 합니다.
*신정민 시인은 2010년 한국문화예술위원회 영아트프론티어 창작 기금을 수혜 받았습
 니다.

뱀이 된 피아노

신 정 민 시 집

천년의 시작

사랑이여 도망쳐라
멀리 갈 수 있게 기회를 주마
달아나는 너에게 엽총을 겨누었다
그러나 방아쇠를 너무 일찍 당기지는 않겠다
호수에 가만히 앉아 있는 오리를 쏘지 않겠다
다친 사랑을 쓸데없이 괴롭히지 않겠다
상처 입은 너를 쫓아가서 붙잡지 않겠다
돌아보지 말고 달려라
냄새를 맡은 질주가 너를 쫓고 있다
오리처럼 가만히 있지 말고
도망쳐라 사랑이여

차 례

시인의 말

제1부

제3부

9

일러두기

한 연이 첫 번째 행에서 시작될 때에는 >로 표시합니다.

제1부

부드러운 정원

티슈를 한 장 뽑아
코를 풀었다
꽃들이 구겨졌다
켜켜이 접혀 있는 희고
반듯한 시간들
잠이 오지 않는 새벽으로
방바닥의 얼룩을 닦았다
더러워진 일요일과 월요일 사이가
깨끗해졌다 뽑아 쓰기 좋은
아침 한 장
조용히 따라 올라왔다
영원히 꽃이 없는 정원*
정원사 없이도 잘 자라는 정원
창문은 다시 바람을 흔들었고
나무가 뽑힌 자리에서
태양이 떠올랐다
정돈된 시간이
책상 귀퉁이와 어울리고
방 안의 어둠과도 어울리는 동안
잘 개켜진 내가

한없이 가벼워졌다

●네루다의 시편 인용.

지퍼

그의 턱 밑에 3센티미터 흉터가 있다
행운목 화분 모서리가 만들어 준 그것은 항상 닫혀 있다

넘어진 적 있다, 는 상징에서
그는 모든 것을 꺼낸다
하루 동안 처리해야 할 서류 뭉치
주말에 다녀오기로 한 아이와의 동물원 약속
기린과 코끼리도 그곳에서 나온다
미처 다 꺼내지 못한 아내의 생일 선물도
어지러운 책상의 물건들도

어느 날 갑자기 깨끗해진 그의 방은
그가 지저분한 모든 것들을 그곳에 집어넣었기 때문이다

옆자리 동료가 자신을 헐뜯었다는 소문을 들었을 때에도
그가 꾹, 참을 수 있었던 것
불같은 마음을 집어넣고 스윽, 닫아 버렸기 때문이다

밑 짧은 바지였다가
짤랑거리는 동전 지갑이었다가

모처럼 장만한 가죽 재킷이 되기도 하는 그를 통해
흉이 여러모로 쓸모가 있다는 것을 알았다
흉 없는 사람은 좀 수상했다

모든 씽크

그녀의 생각을 알려면
부엌을 뒤져야 해
붙박이장의 작은 문들을 열어 봐
그녀의 그릇들이 보이지
입 큰
목이 긴
바닥 깊지 않은
큰 그릇 속의 작은 그릇들
포개어진 둥근 접시들
선반 위에 빈 채로 놓여 있지
무언가 담겨지길 기다리고 있지
버리지 못한 것들
보이지 않는 곳에 밀어 두었지
깨질까 봐 아껴 둔 값비싼 생각들은
귀한 손님 대접할 때까지
진열장에 모셔 두지
금 간
귀퉁이 깨진
생각은 보이지 않아
골치 아픈 생각 버린 지 오래

기름때 끈적끈적한 생각도 지워 버렸지
부서진
못 자국 깊은
리모델링 된 그녀의 의미들
불쏘시개용 파편
뜯어낸 책 한 권의 분량이 되어
부엌 가구 공장 문 앞에
한 무더기 차곡차곡 쌓여 있지

제라늄 살리기

*

솔# 건반이 올라오지 않는 이유는 시가 되지 못했다

솔, 도 아니고 라, 도 아닌 반음

음을 높이는 과정에서 무리를 주었기 때문이다

세 번째 옥타브에서 소리가 꺼지곤 했다 이른 봄 서리에 탄
력을 잃은 피아노

건반 뚜껑을 활짝 열어 놓았다 햇볕을 좋아하는 음계들

*

간유리 속의 불빛

사철 꽃이 피는 부지런하고 예쁜 제라늄은 추위가 치명적
이다

시든 제라늄을 살리고자 애를 쓰면서 그린 일기 형식의 그
림은

아크릴 캔버스에 배어 있다 둥근 얼굴과 화폭 귀퉁이의 주
홍빛 꽃잎은

밖도 아니고 안도 아닌 분명한 불투명

*

불을 켜 놓고 퇴근한 가게는 어둠을 견디지 못한다, 널 지

켜보겠어

　보여질 수 있을 뿐인 영역은 언제나 환하다

　*

　아이들과 부녀자의 손발과 눈을 빼앗는 나비 지뢰도 결국
시가 되지 못했다

　알 듯, 모를 듯,
　살처분 된 돼지 떼와 찢어진 비닐 그리고 붉은 침출수에 대
한 발굴 금지령이 내렸다
　울음도 아니고 비명도 아닌 솔#의 매몰, 생매장
　움푹 꺼진 건반을 돼지들의 비명 소리가 잡아당기고 있다
　콘트라베이스의 독주를 듣고 있는 내게 또 다른 귀가 열
렸다

　*

　죽은 이후에야 인정을 받는 화가들, 이라고 썼다가 많은 미
술가라고 고쳐 썼다
　시들고 있는 꽃을 살리는 화가를 알아보지 못한 건 나쁜 시
력 때문이다 안경을 쓰고서야 알게 된 세상의 반음들, 내가

예쁘지 않다는 분명한 사실들

 *

 발굴 금지 기간 3년은 너무 짧다 침출수가 되어 지하로 스며드는 돼지들의 음역
 하지만 나는 반음의 건반이 올라오길 무작정 기다릴 것이다

 *

 그래서 런던행 보딩브릿지에서의 키스는 조만간 시가 될지도 모른다
 젊은 남녀의 키스, 이륙 시간을 20분 간 지연시킨 사랑에 아무런 항의 없이 모두들 기다려 주었다는 얘기는 감동적이다

나는 도대체 그대의 몇 번째 고르바 쵸프일까

검은 눈에 푸른 슈트를 입은

노오란 넥타이가 잘 어울리는 고르바쵸프

코가 큰 첫 번째 그대를 열면

이마가 넓고 입술이 도톰한 그대가 나오지

좀처럼 웃질 않아

웃음치료사가 필요하지

머리숱 없는 대머리 고르바쵸프

헛기침이 멈추지 않는 두 번째 그대는

심호흡 처방전이 필요해

세 번째 고르바쵸프 안에 숨어 있는 바보

덧셈이 되질 않아

나팔꽃 더하기 꿀벌은 물고기가 되곤 하지

고민 중인 찰리 브라운의 눈을 가진

네 번째 그대를 품고

점점 작아지는 고르바쵸프

자신을 괴롭히고 괴롭혀서 시를 쓰지

부족하면 타인을 괴롭혀서라도

볼이 처진 다섯 번째 고르바쵸프

오렌지색 슈트에 녹색 나비넥타이의 유혹

유혹은 거절하기 위해 있는 것

입을 삐죽거릴 때마다 안경이 흘러내리는 그대
붉은 여우 꼬리로
이마를 감춘 그대를 품고 있지
숱 많은 콧수염 속에 입술을 감춘 그대
뚱뚱한 고르바쵸프 속에 다섯 개의 내가 있지

달을 읽다

달은 나의 군주
나는 그의 착한 백성

내가 늙어 가는 건
달에 가뭄이 들었기 때문이다

비의 바다, 구름의 바다, 거품의 바다,
달에 있는 스물세 개의 바다는
나와 멀리 있다
그리워하거나 질투할 수 없는 거리
그것은 아주 중요하다
착한 일에 칭찬을 하지 않는 사이
거짓말을 염려하지 않아도 되는 그런 사이

달의 허락 없인 웃지 못했다
꽃이 피고 지는 것도 달의 소관이어서
지는 꽃을 서러워할 명분이 내겐 없었다
해안에 고래가 몰려와 죽었을 때에도
불규칙한 썰물과 밀물 때문에
포구에 버려진 배들을 슬퍼할 수 없었다

>
붉은 루즈를 바르고
속눈썹을 올리며 뽀얗게 화장을 했던 건
달의 눈 밖에 나지 않기 위해서
예쁜 옷을 구하러 다닌 것도 같은 이유
엉킨 실을 잘 풀어야 예쁜 딸을 낳는다고
어머니가 물려준 꼬인 실타래
초경 치르는 어린 딸에게 물려주었다

절망을 정말로, 달을 읽는다

벚나무 탈출기

끝장난 연애편지를 찢고 또 찢어서
더 이상 찢을 수 없을 때까지 찢어서 뿌린다

분홍빛 뺨을 가진 꽃잎에는 아무것도 적혀 있지 않다
읽을 수 없는 사랑은 흑색선전

사랑하는 자와 사랑을 외면한 자가 주고받은 편지
거리의 어떤 것과도 경계를 갖지 않고 흩날린다
불온한 간판 위에 떨어지고
달리는 바퀴를 쫓아가기도 한다

봄은 반복되고
끝나지 않은 벚나무 연애사는
삐라가 되어 4월을 장식한다

널 사랑한다
너도 날 사랑해야 한다
은밀한 폭력이 피었다 진다

기준!

한때,
높은 목욕탕 굴뚝은
우리 동네 기준이었다
손 높이 쳐들고 기준! 하고 외쳐서
앞뒤 좌우 정렬하며 살았다
형제슈퍼 초원약국 오아시스 사진관 나란히 있고
점순네 홍영감네 숙자네 나란히 한 골목 쓰는 것
사네, 못 사네 울고 웃던 이웃들 모두
우렁찬 기준에 맞춰 사는 거였다
굴뚝보다 높은 유리 건물 솟은 뒤로
청하서림 자리에 누드 바 들어서고
웁스 베이커리 홀리데이 레스토랑 개업하는 것
기준 바뀌자 벌어진 일이었다
맹금류가 먹이의 숨통부터 끊고
악어가 누의 목을 물고 뒹구는 것
너, 이제 죽었어
무딘 손날로 목 긋는 시늉
기준 바뀐 우리 동네
굴뚝 없는 목욕탕 때문이었다

올랭피아의 손거울

꽃다발을 안고 있는 하녀여
거울을 이리 비춰 다오
머리에 꽂은 양귀비가 잘 보일 수 있게
아무것도 바라보지 않는 무표정이 필요해
귓가에 흘러내리고 있는
부드러운 머리카락을 만져 보고 싶어
에이프런을 입은 하녀여
문 밖의 사내가 전해 준 꽃다발을 이리 다오
내 입술은 붉은 체리
끈 목걸이에 달린 나비 리본도
붉은색이었어야 했어
황금 팔찌의 손목은 너무 굵은 것 같아
란제리 밖으로 가슴은 좀 더 드러나야겠지
검은 피부를 가진 하녀여
커튼에 달려 있는 금술 장식이
슬쩍 가린 부끄러움을 감춰 줄까
발끝에 걸려 있는 슬리퍼가
검은 고양이를 유혹할 수 있게
하녀여, 거울을 이리 좀 더 가까이
풍만한 힙을 위해 빛이 조금 더 필요해

그러니 손거울을 쥐고 있는 하녀여
발코니에 놓인 소파를 치워 줘

누드 NO.9

2009년 11월호 플레이보이지의 모델 마지 심슨[*]

길고 성긴 네 개의 속눈썹과 커다란 눈
귀밑까지 찢어진 두툼한 입술은
안젤리나 졸리의 도발적인 눈빛보다 섹시하다
피어오르는 푸른 구름 기둥
한껏 부풀어 오른 머리는
마돈나의 요염한 포즈보다 더 섹시하다

무기를 숨길 수 없는 알몸
흰 토끼의자 등받이로 가린
발가벗은 몸을 좋아하는 플레이보이들에게
허스키한 목소리로
'나, 괜찮아?'라고 묻는다

엉뚱한 사고를 치고 다니는 남편 호머에게
  부드러운 잔소리를 해 대는 그녀의 매부리코 역시 섹시하
다
  악마와 어울리지 않는
  늘씬한 종아리와 날렵한 발꿈치가 섹시한 건

평소 옷을 입는 자의 비폭력과 평화가

종종 옷을 벗기 때문이다

●미국 만화 「심슨 가족」의 등장인물.

코끼리 가죽 구두

둥글고 긴 코를 펼쳐 만든 구두
팔랑거리는 귀를 두들겨 만든 구두
아흔아홉 켤레 구두로 환생한 코끼리

구두가 된 코끼리는
가죽 공장에서 부드러운 품성을 갖추게 되었다
염색된 땀구멍들
뭉툭한 플라스틱 굽
그녀의 걸음걸이에 맞춰 걷는 훈련을 시작했다

매일 아침 똥을 치우며
코끼리를 길들이고 있는 그녀의 워킹
나뭇등걸에 가려운 곳 비벼대는 코끼리 때문에
뒤꿈치에 물집이 생기고
흙탕물에 체온조절하는 습성 때문에
조심조심 걸어도 종아리에 흙탕물 튀었다

오카방고의 물웅덩이로 향할라치면
용케 알고 허리를 걷어찼다
무덤 찾아가는 사막 어귀 어슬렁거리면

힘차게 귀를 잡아당겼다

'넌 이제 코끼리가 아니란다'
아스팔트 위를 걷고 있는 그녀의 걸음에서
체인 쓸리는 소리가 들렸다

천잠(天蠶)

온몸에 깁스를 한 늙은 여자

5령쯤 되었을까

계집아이에서 처녀로, 처녀에서 아내로, 어머니로, 할머니
로

그녀가 벗어 낸 이름대로라면
지금쯤 다섯 번째 잠을 자고 있는 중

거뭇거뭇 검버섯과
성기고 흰 머리카락은
그녀가 늙은 여자로 변태할 때마다 얻은 뜨거운 흔적

미음을 받아먹는 입속이 캄캄하다
농익은 오디 빛깔
혼자되어 자식 셋 키우느라 애가 탄 속
오물오물 곡기 넘기는 소리가
깊은 밤 싸락눈 내리는 소리처럼 멀다

그녀가 어딜 가든 따라다닌 기억들
온몸을 감고 있다

얼마나 더 기다려야 빠져나올 수 있을까
날개에 커다란 눈을 달고 있는 누에나방
좁은 병실 구석에 매달려 있다

억류

    홍수로 물이 분 강둑에 구경꾼들이 몰려들었다 그가 떠내려오고 있었기 때문이다 붉은 흙탕물에 실려 오는 것들은 뿌리째 뽑힌 나무와 소소한 세간들이었다 멀리 있는 다리에서는 난간 아래로 로프를 늘어뜨려 놓았고 그 아래에선 구급대원들이 고무 튜브를 띄워 두었다 떠내려오는 알 수 없는 문자들, 살려 달라고 두 팔을 허우적거리는 그는 좀처럼 내려오지 않았다 그를 기다리는 것이 지루해진 사람들 하나둘 돌아섰다 벌써 보이지 않는 기록들의 범람, 강물의 흐름을 바꾸기란 쉽지 않았다 대신 비 개인 저녁이 떠내려왔고 날은 점점 어두워지기 시작했다 강은 무언가를 감추기 위해 자주 몸을 비틀었다 그는 스스로를 나타내고 싶지 않았다

오래 바라보면

티끌 한 점
오래 바라본다
점점 길어져 1이 된다
1이 머리를 슬쩍 들어 올린다
몸을 쭉 폈다가 구부려 본다
꿈틀거린다
흰 종이 위에는
몸을 감출 숲이 없다
기어간다
1의 길은 1에게만 보인다
잠시 멈춰 두리번거린다
갈 길이 멀다
결심한 듯
온몸으로 기어간다
한나절 외출해 돌아와 보니
아직 그 자리
아무리 걸어도 그 자리
1의 머리 위에 새가 뜬다
길게 목을 늘인 1이
새를 낚아챈다

꿀꺽 삼켜 버린다
1의 배가 볼록하다
나를 빤히 바라본다

몰일(沒日)

묘지는,
일몰의 최적 장소
활짝 핀 꽃들은 시들지 않는다
한번도 마주친 적 없는 사람들 곁에서
다 함께 흙으로 돌아갈 수 있다
버려진 종이컵 속에 고여 있는 빗물같이

그들은 찾아온 사람들과 말하기보다
침묵을 즐긴다
전망 좋은 용호동 천주교 묘지에서
오사카로 가는 배를 타고 떠나고 있는 자들

죽음을 쟁취한 자들의 생일보다
몰일을 먼저 읽는다
영혼으로 살기 시작한 자들의 생일이
이번 생에 온 날짜와 나란히 기록되어 있다
지상에 쓰인 문장들은 모두 죽음을 위한 에스키스
드디어 완성되었다는 말들은 수정되어야 한다

제2부

달팽이

일흔여섯 황 여사가 미장원에 다녀오셨다
숱 없는 머리를 빠글빠글 볶으셨다
부처의 머리를 닮았다

머리를 차게 하려고
달팽이를 머리에 붙이고 명상했다는
석가의 수행법

무릎이 시원치 않아 느린 황 여사
면도날 위를 기어가고 있다
시력은 없으나 명암을 판별하는 눈
뿔처럼 생긴 두 쌍의 촉각으로
이만저만 세상사 그만그만 짚어 낸다

당근을 먹으면 주홍색 변을 보고
상추 잎을 먹으면 초록색 변을 본다

개들의 산책

그를 데리고 산책을 한다
살이 찌는 것이 끔찍하다
게으른 그가 소파를 차지하는 건 더욱 싫다
개털에 재채기를 해 대는 것도 못마땅하다
버릇없이 식탁에 앉아 그릇을 핥아 대는 그가 더럽다
하루 종일 빈둥거리는 꼴을 볼 수가 없다
가구들이 맘에 들지 않아 툴툴거리는
그의 아내는 목욕탕에 갔다
그가 가로수에 오줌을 갈기는 동안
온탕에 들어간 그녀는 지그시 눈을 감고 있다
알몸들을 또 훔쳐보겠군,
훈련된 나는 오줌을 참는다
목에 묶인 줄을 끌고 앞장서 걷는 그의 뛰어난 후각
자신의 죽음을 양장 제본해서 도서관에 꽂는 이야기를 읽
은
그의 쓰레기봉투들을 피해서 걷는다
짖는 개는 물지 않는다, 와 같은
잘못된 기억의 대부분을 삭제하고
도서관 창가에 앉아 보낸
그의 짧은 시간만을 남기기로 한다

길을 자주 벗어나는 그를 위해
얼만큼 걸었는지 돌아갈 궁리뿐인 그를 위해
나는 길을 기억한다
집에서 멀리 가지 않는다
그의 아내는 우리보다 항상 늦게 온다

점묘화

늦은 밤 내리는 비가
밀양 돼지국밥집 앞에 서 있는 사내를
완성 중이다
기름진 먹물 방울들
사내를 향해 쏟아지고 있다
비탈길 가로등 불빛은
사내의 슬픈 유전자가 물고 있는
담뱃불의 농도를 떨어뜨리고 있다
젖은 어깨의 질감에 실패한
미완성 사내를 향해 떨어지는
점, 점들
사내가 되지 못한 채
하수구로 흘러가고 있다
고개 숙인 얼굴을 들추려는 듯
빗줄기 거세어지고
물관을 타고 무릎까지 올라간 빗물이
탁, 탁, 탁
떨고 있는 사내의 오금을 마저 두들기고 있다

시간차 공격

꽃이
뒤통수를 친다
떨어진 공이
다시 한번 바닥을 친다
붉은 피를 가진 성운에서 온 그와
나 사이에는 구멍 숭숭 뚫린 그물 매트가 있다
그의 공격에 나는 또 실패했다
산다는 게 그랬다
한 템포 늦게 슬픔이 왔고
꽃들은 피어야 할 때를 놓쳤고
소문들은 철없이 나돌았다
빈집 깨진 창문이 그 집의 뒤통수로 보이고
발길에 차이는 돌에도 뒤통수가 있었다
겨울은 내게서 너무 오래 머물렀고
누수로 얼룩진 벽들은 근질근질거렸다
느닷없이 따귀를 맞고
누가 후려친 줄도 모르는 뺨
한발 늦게 찾아온 고통을 매만진다
방심을 향해 날아온 꽃
내가 그어 놓은 영역 밖으로 떨어진다

둥근 시간들이 바닥을 치고 구른다
떼굴떼굴 비웃는다

누수

사람을 불러 물이 새는 곳을 찾아 달라 했다
옥상에 올라가 한나절을 보냈는데도 물이 샐 만한 곳을 찾
지 못했다
방수액만 또 이리저리 펴 발랐다

천장 모서리에 핀 검은 곰팡이의 원인은 늙은 엄마였다
탐지 불능의 시간이 엄마에게서 새고 있었다
엄마의 녹슨 파이프들이 문제였다

장마가 끝난 후에 다시 찾기로 했다
벌써 몇 번째 사람이 다녀갔지만 헛수고였다 물길은 또 잡
지 못했고
계량기는 쉬지 않고 돌아갔다

눅눅해진 방을 버리지 못했다 천장이 조금씩 내려왔고 벽
이 조금씩 가까워졌다
다가가다, 라는 동사를 사용해서 바닥이 좁아지고 있었다
몸에 맞는 棺이 하나 마련되는 중이었다

미친 척

인간은 늘상 헤매기 마련이다 적어도 그가 노력하는 동안엔
—파우스트

세상이 미쳐 갈 때 세상을 견디는 방법은 세 가지로 압축
된다

자신을 고달프게 했던 이성과 결별하는 것과 미친 자들을
보고 기록하면서 광기에 대한 면역을 기르는 것. 또 하나는
아예 미친 세상에 덤비는 것이다

달리는 전철 안에서 그는 첫 번째 방법을 선택했다

아리가또, 아리가또
빈손을 귀에 대고 전화를 받는다
남포동 말고 자갈치, 소우데스네
자. 갈. 치. 하이
그는 통화 중이다
나에게 자리를 양보하며 상냥하게 오까상,
건너편 빈자리에 쏜살같이 뛰어가 앉으며 스미마셍, 하이,
하이
자신과의 통화가 길다
큰 목소리에 주목하던 사람들 고개를 돌린다
남포동 말고, 노, 노, 노,
허리를 연신 굽실거린다

그가 교대역에서 급히 내린다
자갈치에 가려면 아직 멀었는데

나는 그의 혼잣말들을 받아 적었다

뱀이 된 피아노

길을 잃은 자만이 들어설 수 있는 여관이 있다
문 열면 눈앞에 검은 건반과 흰 건반이 분명한 피아노가
있다

가지를 뻗고 있는 피아노 한 그루
소나무 껍질의 굵은 몸통이 천장을 타고 뻗어 있다
희미한 불빛만 켜 있을 뿐 기척 없는 방문 위에
커다란 뱀의 머리가 있다

현관에 들어서는 순간 사라진 입구
피아노가 지켜보고 있는 거실에
불 꺼진 방문들이 갑자기 나타난다
하룻밤 묵을 곳이 아니라는 것과
유일한 탈출구가 저 방문들 중의 하나라는 것
주인 없는 여관의 악몽
기웃거리는 손님 뒤를 뱀의 머리가 따라다닌다

길 잃은 누군가 찾아와 피아노가 한눈파는 사이
빠져나올 수 있는 꿈
아주 오래된 여관에 대한 풍문이 그제서야 떠오르고

피아노는 나무로 자라고
가지 많은 나무는 뱀으로 자라서
길 잃은 자들을 지켜본다

그 여관의 위치를 알아내기 위해
나는 오늘도 잠을 청한다

세 평 초원

좁은 문 열면 펼쳐진다
사바나의 한쪽 귀퉁이 세 평,
지금은 톰슨가젤의 번식기
어미 옆에 새끼가 있다는 걸 알아
먹이를 찾아 사냥을 떠나는 한 무리
도시의 점박이 리카온들 움직인다
먼 곳에서 풀을 뜯는 누 떼
덤불 뒤 암사자의 어깨는 보이지 않는다
군에 간 아들 제대 전에 담배도 줄이고
밀린 월세 좀 갚고 나면
어느 골목 단칸방 얻어 들어앉는 게 꿈인 초원
덫을 놓아도 멸종되지 않는 종(種)의 혈색
길 건너 태양정육점과 같은 등을 켠다
짙은 화장으로 나이를 감춘
오비 블루, 오비 블루 속의 거품 초원
포식자의 표적이었다가
살찐 얼룩말이 되기도 하는
그녀의 가명이 중요치 않은 사내들의 초원
사막의 하루는 오후 네 시에 시작되고
아침이 오면 사라질 우두머리 별

우주 쓰레기가 별인 줄 아는 초원
저승으로 가는 길을 안내할 케냐의 소가
오아시스 입구에서 기다린다

탈, 탈, 탈

개조된 0.5톤 봉고를 몰고 식당가를 돈다
트럭에는 더러워진 일회용 수건들이 가득하다

더러워진 손이
먹다 흘린 국물 자국이
그의 밥줄이다

배불리 먹지 못해도 행복한 가봉 공화국 사람들
어떤 정치 펴고 있나 알아보려고 초청된 봉고 대통령
때마침 출시된 소형 트럭에 기념으로 붙여 준 이름

너무 많이 먹어서 불행한 거라고
가진 게 많아서 망할 거라고

표백된 물수건 한 자루 주방에 던져 놓고
다음 식당을 향해 脫, 脫, 脫 달려간다

크레바스

양복점 앞
주차 금지 푯말 대신
마네킹의 하반신이 놓여 있다

등반 루트를 벗어난 로체봉 기슭에서 발견된 주검의 하체
고산 등반의 관행에 따라 크레바스에 던져졌다
그때 그 몸 반 토막이 거리에 누워 있다

탈색된 담청색 방한복 바지와
아이젠 박힌 등산화는 어디서 벗어 던졌을까
꽁꽁 언 몸

곡(哭)도
만장도 없이
세상에서 가장 짧은 장례 절차가
멀고 먼 얼음 골목을 지나
사람 사는 거리의 한복판에서 치러지고 있다

건물과 건물 틈 사이
늘어진 전선과 휘어진 파이프들의 거처에

만년설의 냉기가 돌고 있다
환풍기의 낮은 소음에서 비둘기의 울음이 돌고 있다

해방대통령*

백사장이 끝나는 곳
가파른 산이 바다로 들어간다
시멘 블록이 덮어 버린 바위투성이 만(灣)이
거듭 쓴 양피지의 속 글씨처럼 배어 나온다

사람의 이름을 가진 땅이 떠오른다

금잔디가 곱게 깔린 산비탈에 토굴을 파고
판자로 엮은 입구와 지붕이 보인다
공부를 너무 많이 해서 미친
자기가 우리나라를 해방시킨 대통령이라고 우기는,
사람이 보인다
고동 구워 먹는 소년들은
그를 해방대통령이라 부른다

잉크 빛 바다
절벽에 부딪혀 돌아서는 포말이
희미해진 바위 해안에 그의 쓸쓸한 거처를
자꾸만 덮어 쓴다

어디로 갔을까,
미쳐서[狂] 미친[及] 그의 바다 정원
자신을 해방시킨 대통령의 나라,
그가 살던 움막이 사라진다

떠밀려 온 저녁
물 한 방울 묻히지 않고 바다를 건너고
도무지 익숙해지지 않는 어둠은
서둘러 불을 켠다
멀리 가지 못하는 썰물이
아주 얇은 물때 한 켜로
해방대통령을 지운다

● 부산 광안리 민락수변공원 자리의 옛 지명.

흙의 안부를 묻다

지상에서 쫓겨
옥상으로 숨어든 땅 한 평에
고추 모종을 키운다
힘없는 줄기에 세워 준 막대기
어린잎들 꼿꼿하다
바람 장난 쏠쏠한 옥탑방 풍경에
하늘도 한 평
새들 장난도 한 평
비 떨어지는 소리도 한 평

달셋방 분이네
술 취한 서방 피해 방에서 뛰쳐나오듯
한 움큼씩 가위질 당한 머리
맨발로 뛰쳐나와
갈 곳 없어 뛰어든 옥상
들킬까 납작 엎드린 저 등짝,
못 본 척하라며 쉿!
잡히면 성할 곳 없어
지상에서 쫓겨 옥상으로 도망친 땅 한 평
흑, 흑, 흑

흙에는 소리 내어 울지 못하는 울음소리가 있다

트라이앵글

내가 누구냐고 물을 수 있는 곳이 사막뿐이어서
사막을 건넙니다
사막을 건너는데 꽃과 어머니와 달을
어떻게 데려갈 것이냐고 누군가 묻습니다
데려가지 않아도 된다면 혼자 가겠다 했더니
날더러 이기적인 성격을 가졌다고 합니다
붉은 칸나와 철새와 검은 밤하늘 때문에
내가 누구냐고 물을 때마다
뱀은 나를 집어삼키려고 있는 힘껏 턱관절을 벌립니다
원숭이는 동물원에 놀러 온 아이에게서 바나나를 빼앗고
내 어깨 위에 앉아 껍질을 벗깁니다
새는 제멋대로 날아가 돌아오지 않습니다
갈증 때문에 사막임이 분명해지고
모래무지에 빠진 무릎 때문에
태양은 더욱 뜨거워집니다
사막에 가장 잘 어울리는
늙은 그를 낙타에 자주 비교하였던 나는
지친 삶을 사막에 비유하는 것이 지겨워진 나는
내가 누구냐고 묻지 못합니다
버려진 노을과 흔들의자와 후끈 달아오른 바람의

삼각관계만 물고 늘어집니다
꽃은 달을 삼킨 어머니를 피워 내고
바람은 뱀을 숨긴 밤하늘을 배회하고
동물원의 아이는 우리에 갇혀 울어 댑니다

시계를 고치는 동안

흔들의자가 창밖에, 식탁의 컵이 화장실 변기에, 꽃병의 장미가 옷장 속에, 새벽 두 시가 아침 다섯 시에, 미운 일곱 살이 마흔에, 불란서 영화가 내 청춘에, 돌아가신 아버지가 애인의 얼굴에, 잃어버린 가방들이 국밥집에,

벽에 걸린 시간들이 다르다
같은 버스를 탄 사람들의 시간부터 팔짱을 끼고 걷는 연인의 시간까지
시계방 주인이 고쳐 준 나의 시간은 그들과 달랐다
우리의 약속은 늦거나 조금 빨랐다 내가 도착했을 때 그는 이미 떠난 뒤였다

수리가 제대로 된 것이다

^^ 또는 ㅎㅎ

주먹만 한 돌멩이가 나를 관통한다 한 템포 늦은 파열음이 저만큼 나동그라진다 오랫동안 기다렸던 일 참았던 숨통이 트인다 단단히 붙잡고 있었던 벽을 놓는다 무장으로부터 해제된 내게 비로소 도둑고양이가 들락거릴 것이다 이 얼마나 유쾌한 일인가 손을 베어 본 적 있는 사람은 나를 피한다 우하하, 나는 깨졌다

아프리카 마커스족 여자들은 자신들이 굽는 항아리를 사내들이 보면 깨진다고 믿는다 꿀은 그들의 주식, 사내들은 벌들이 잠든 한밤중에 횃불을 켜고 나무 위의 벌집을 훔친다 벌들에게 들키기 전에 일을 마치려면 나무 타는 동작이 빨라야 한다 사내들은 아이들에게 나무 타는 연습을 시키고 여자들은 그 틈을 타 남자들이 없는 한적한 곳에 가서 불을 피우고 항아리를 굽는다

나를 사랑한다는 사내의 거짓말을 믿는다 여자의 조국은 사랑이어서 화창한 날 우산 고치라 외치는 사내가 다녀가면 곧 우기가 들이닥친다 구설수가 돌기 전에 거짓말이 들통 나기 전에 이루지 못할 사랑은 끝내야 한다 헤어져야 할 때가 언제인지 눈치가 빨라야 핑계는 적절하다 오, 쇼 윈도우에 진열

되어 있는 나의 애완동물들은 내게 어떤 기쁨을 줄까

최면술사 K씨가 말했다

과거는 어디에 저장되는가

숨을 깊게 들이마신다
배수통을 타고 소음이 올라온다
사랑에 이르지 못한 생존자보다 훨씬 더 매혹적인 유령들

눈을 감고 얼굴보다 약간 큰 원을 그린다
점점 밝아진 원은 투명하다
어릴 적 물 위에 던져진 물수제비가 아직도 날아간다
그만 떨어뜨린 돌멩이는 지금도 떨어지고 있는 중이다
겨울 서쪽에 푸르스름한 하늘늑대별이 반짝인다
태양이 도는 쪽으로 소똥을 굴리는 투구풍뎅이와
나일강의 물고기 때문에 태양이 돈다
우울과 슬픔의 포옹이 이루어진다

숨을 깊게 내쉰다
1월의 메모들이 떠오른다
일기 같은 메모를 향하고 있는 나침반
구월은 와도 어린 시절은 다시 오지 않는다
과거로 가는 연어 떼들 그것은

어머니에 대한 집착 같은 중요한 모티프
내 것이 아닌 기억들까지 생생히 기억된다
소의 난폭한 성질을 건드리는 투우사는 즐거운 구경거리
과거는 상처에 저장된다

투명한 원에 적혀 있는 구절
어디에도 닿지 않는 암시는 석 줄이 적당하다
추억과 기억 없이 사랑할 수 있는가
날로 번창하는 사랑은
희극을 통해서만 표현되는 채플린의 비극이다

출생지에서 벗어나지 못한 내 붉은 창고
아직 빠져나오지 못했는데 추가 흔들린다
그가 머리에 손을 얹고 일곱까지 센다
긴장 풀고 다섯, 여섯, 일곱, 레드 썬!

제3부

칼집

단단한 생밤에 칼집을 낸다
화로 위에 올려놓은 흠집 난 밤이
툭! 벌어지며 노란 속내를 드러낸다
영락없이 활짝 웃는 입이다

그의 손목에서 칼집의 흔적을 본 적이 있다
한때 단단한 생밤이었던 청춘
단단한 것이 부드러워지려면
저렇게 칼집을 넣는 것
그의 따뜻한 눈빛과 부드러운 말투는
흠집 깊은 그가
세상 이리저리 뒹굴며 한바탕 잘 구워진 것

제 몸에도 붉은 피가 흐른다는 것을 처음 보았을 것이다
시곗줄로 감춘 상처에 대해
왜, 라고 묻지 않는 것은 그에 대한 나의 예의다

늦은 밤 불 꺼진 방에 홀로 들어서는 것이 제일 싫다는 그
가
알토란 같은 자식 낳고 한번 잘 살아 보겠다는 그가

툭! 불거지며 샛노란 속내를 드러낸다

그가 웃는다
웃는 것이 우는 것보다 낫단다
잘 구워진 밤 한 봉지 받아 들고
칼바람 부는 거리를 걷는다
집으로 가는 동안 내가 익는다

부토[舞踏]*

정오가 두려워

겹벚꽃나무에 숨어

잠깐의 정오가 지나면

꽃잎 사이로 쏟아지는 햇살과 함께

나무의 발끝에서 빠져나와

뽀얗게 분 바른 얼굴에서

검은 눈동자를 선명하게 드러냈지만

아무것도 바라볼 수 없어

흰자위에 핏발이 선

나무의 그늘을 밟고

나의 실루엣은 아주 느린 동작으로 흐느껴

긴 혓바닥으로

나를 밟고 지나가는 사람을 따라가

산 자의 몸을 빌어 춤을 추지

지금은 붉은 입술을 가진 허무가

정오를 두려워할 때

●죽음을 주제로 한 일본의 춤.

피뢰침

지하도를 걷는 걸인의 가방 속에
뾰족한 쇠붙이가 달린 우산이 꽂혀 있다

벼락이
높은 건물 옥상이나
산꼭대기에 서 있는 나무에만 떨어지는 것은 아니다

벼락 맞고도 살았다는 전선 교체공의 몸에서
벼락이 빠져나간 발꿈치를 본 적이 있다
새카맣게 타 버린 흔적
구겨 신은 신발 속의 맨발이 새카맣다

벼락이 선택한 자
하늘과 땅의 접선을 위해 선택된 자
그는 피뢰침을 휴대하고 다닌다

순환선의 점멸등이
그의 정수리 근처에서 반짝이고
뒤늦게 떨어진 우레 소리에 전철은 달려온다

축축한 지하도를 걷는 사람들
희미한 불빛이 방전되고 있는 그에게서
하마, 감전될까 떨어져 걷는다

마그리뜨의 방울들

흑백이 교차된 타일 위에 고양이와 꽃과 담배를 그린다 타일의 색과 크기만 다를 뿐 전시된 유화 속엔 모두 고양이와 꽃과 담배가 있다 작아진 고양이 때문에 타일의 크기가 커지고 검은 꽃 때문에 타일이 하얗게 변해 갔다 불붙은 담배 때문에 타일이 타들어 가는 동안

고양이와 꽃과 담배의 위치에 대해선 아무도 시비를 걸지 않았다 나의 암울한 유년에 대해 고양이와 꽃과 담배는 알고 있었다 그을린 타일 안에 숨겨진 고양이의 발톱 감춘 꽃잎들이 피어나기 무섭게 시들었던 담배 두려워진 내가 타일 밖에서 몰래 연기를 피우는 동안

고양이 대신 개를 그리고 꽃 대신 하이힐을 그리고 담배 대신 손가락을 그렸다 표절이란 평에 발끈 얼굴을 붉혔지만 타일의 귀퉁이가 맞지 않았으므로 어긋난 고양이, 어긋난 담배 연기, 어긋난 타일 틈새로 달아나는 고양이를 마저 그렸다

유빙(流氷)

늦은 밤
부산역에서
나는 춥다, 라는 문장을 완성한다
투명한 유리 건물 밑으로
거대한 빙하가 보인다
시리도록 푸른 코발트블루 빛 암초
만년필 속의 시들처럼*
빠져나간 사람들
그들이 남겨 놓은 광장이 서럽다
비어 있는 벤치와
터무니없이 큰 시계탑은
낯선 곳에 도착한 보헤미안을
더 이상 위로하지 않는다
남극을 기억했던 건
북극보다 춥다는 이유 정도
서식지로 향하는 황제펭귄들의 좌표가
버려진 캔을 찌그러뜨리듯
걸인의 몸뚱이를 구석으로 몰아붙인다
텅 빈 광장의 압력
발등에서 떨어지는 순간 얼어 버린

부화되지 못할 꿈

어두운 곳에서도 잘 보기 위해

큰 눈을 가진 사람들만 서성이는 역사

반백의 머릿결을 가진 오로라와

겨울행 마지막 열차가 떠나는 부산역에서

나는 춥다, 라는 문장을 빠져나온다

● 올라브 H. 하우게의 「파커 만년필에는」에서 인용.

모자 광장의 하루

커다란 모자 속에
비둘기를 넣어 두고 잊어버린 마술사가 너무 많아
비둘기가 하나둘 늘자 나무 아래 의자가 덩달아 늘고
장기 두는 노인들 틈에서 기웃기웃 훈수 두는 그림자도 늘
고

비둘기 대신 자꾸만 꽃이 피는 지팡이를 꺼내는 마술사가
허공을 툭, 툭 칠 때마다 모자 밖에서 터지느라 정신없는
꽃들
속은 줄 알면서도 신이 난 관객과
목이 긴 모자를 눌러쓰고 퇴장하는 마술사가 너무 많아

손목에 사뿐히 내려앉는 기술이 문득 떠올라 후두둑,
떼 지어 날아오르는 비둘기를 보고도
마술사인 줄 모르는 마술사들이
아직도 때를 기다리는 비둘기들이 너무 많아

앵두나무 소네트

꿈틀거리는 애벌레 속으로
앵두나무 몸을 밀어 넣는다 밀어 넣을 때마다
애벌레 더욱더 꿈틀거린다 붉은 열매 6월이 꿈틀꿈틀
끌려 들어간다 허물 벗는 초여름마저 기어들자
우화를 꿈꾸는 앵두나무
날개 달고 세상 훨훨 날아 볼 양인데
뭐가 부족한지 자꾸만 두리번거린다
인적 없는 한 날 잡아 해탈하리라던 징그러운 약속
앵두나무라고 부르면 죽어 버릴 앵두나무
앵두나무 이름 전의 앵두나무
날갯죽지 가려워지길 기다린다
애벌레 몸속에서 앵두 붉게 익어 가는데
기별 없는 우화, 애타는 나무 한 그루
애벌레 몸속에서 꿈틀, 또 꿈틀거린다

국화차*

전력 약한 알전구의 불빛이
찻물 위에 피어오른다

사막에 철도를 놓는 공사판
여우 대신 울어 대는 바람 막사
먼 길, 찾아온 새댁이
남편 무릎 앞에 내놓은 첫날밤

'왜 국화차를 좋아했는지 이제야 알겠어요
당신을 만나기 위해서였죠'

양철 지붕 위의 검은 벨벳
좀이 슬어 놓은 구멍으로 빠져나오고 있는
멀어서 환한 불빛들
예닐곱 인부가 내어 준 좁은 방의 어린 불빛들
두 개의 목 넓은 유리잔 속으로 스며든다

입을 맞추면
병 깊은 아내의 심장이 멎어서
제대로 한번 껴안아 보지도 못한 두 사람

>
'곧 첫 우렛소리가 들리는 경칩이겠죠'

입김처럼 사라지는 짧은 대사
방 한 켠 밀어 놓은 솜이불 홑청에
커다란 목단만 활짝 피고
모래언덕에서 멈춘 레일같이
마주 앉아 있는 그림자

달, 둥근 찻잔에
겨울밤이 노랗게 우러난다

● 「Love Story by Tea」(2001). 중국 감독 진천의 영화.

눈썹 홀더

인공 암벽
달팽이 고리에 카라비나를 걸고
완료!를 외칠 수 있는 곳 바로 아래
그가 있다

쥐꼬리 홀더
나귀의 발굽 홀더
말라깽이 무릎 홀더

한 사람 한 사람 붙잡고 올라간다

손끝의 힘만이
벽에 몸을 바짝 붙일 수 있다
잡히지 않으려는 사람 붙들고
떨고 있는 오금 뿌리치며 올라간다

미운 사람
불편한 사람
피하고 싶은 사람
꿈에 볼까 겁나는 사람

>
발끝에 힘을 주고
몸을 비틀어 벽에 바짝 붙인다
허리를 펴고 일어서는 순간 내민 손
닿을 듯 말 듯하다

미끄러운 그의 어깨
좀처럼 나를 허락하지 않는다

권투를 배우다

원, 투를 쳐야지 하면 이미 때는 늦은 것

누구나 12라운드를 다 뛸 순 없다

쨉, 원 투 쨉 쨉
거울 속 여자에게 주먹을 날린다
단순해 보이는 그곳에서 시작해서 그렇게 끝나는 거다

체중을 실어야 되는 어퍼 훅, 원투 스트레이트
가벼운 스텝은 중요하다
레프트 라이트, 먼저 내민 주먹을 거두면서 재빨리
남은 주먹으로 펀치를 날려야 한다
힘없는 손부터 짧게
나비처럼 날아서 벌처럼

샌드백을 잘 두드리고
새도우 복싱을 잘한다고 잘사는 건 아니다

라이트 훅 하나로 세계를 정복한 이들
한 방을 치기 위해 권투를 배운 복서들

링 위에서 싸울 수 없는 것은 무용에 불과하다
한 방의 파괴력이 없으면 지는 게임
마우스피스를 물고 사각의 코너에 선다
청 코너의 스파링 파트너가 얼굴을 가리고 다가온다

주먹만으로 승부를 겨루는
인류의 가장 오래된 운동 종목이 시작된다

샹그릴라 일기

해발 3,800미터
안나푸르나 베이스캠프 가는 길에
폭설이 내렸다
높고, 깊은 것이 사라져 버린 화이트 아웃
지붕 끝에 세워 둔 삼색 깃발도 지워지고 없다

고도에 오르니 어둠도 일찍 자리를 잡는다
낡은 발전기에서 끌어온 전구의 불빛
캄캄한 저녁들이 그 불빛 아래로 모여들었다
발이 묶일 수도 있는 날씨
사람들의 얼굴도 점점 희미해졌다

고소증세 면해 보려고 이뇨제를 먹은 밤
침낭 속에 들어가 코만 내놓고 지퍼를 올렸는데
잠을 자긴 한 걸까
화장실이 급했다
눈은 떴는데 아무것도 보이지 않았다
머리맡 엉금엉금 손전등을 켜고 롯지 문을 열었다
걸음 앞 둥근 불빛을 따라 한 걸음 걸었을까
그다음이 하얗다

기억에도 폭설이 내린 것

정신을 차려 보니 흰 절벽
사는 동안 캄캄하단 말을 몇 번이나 썼던 걸까
접시 끝에 코를 바짝 붙인 지독한 근시,
어둠이 찰싹 붙어 있다
너무 가까워 내뿜는 숨소리가 차가웠다
커다란 어둠의 동공 속에
착 달라붙어 버린 내 숨통, 숨을 쉴 수 없었다

높다는 말이 세상에서 제일 깊었다

멈추지 않는 추락
다시 정신을 차려 보니 침낭 속이다
화장실은 다녀온 걸까
정수리를 빠져나가는 생각들이 샛노랗다
분명한 건 내일 산을 오르는 건 내가 아니라는 것
새벽이 깊어지고 있었다

공갈빵 레시피

간밤에 읽은 시집 문장 250그램
버리지 못한 사랑 한 큰 술
푸른 대문 집 드럼 소리 세 컵
울음 창고에 남아 있는 눈물 약간

준비된 재료를
밀가루와 잘 섞은 다음
한 덩어리로 뭉쳐진 반죽을 도마에 치댄다
울퉁불퉁해진 덩어리를 볕 좋은 발코니에 내놓고
반죽이 부풀기를 기. 다. 린. 다

바삭해진 저녁
창밖에서 구워지고 있는 오후는
이별이 발효할 수 있는 충분한 시간
비밀의 숲에서 나누었던 달콤한 거짓말들을
예열 된 마음 안쪽에 바른다

마음도 내 것 아니었다고
밀대로 밀어 놓은 상처
사랑만한 허풍 어딨는가

애드벌룬 띄우는 허공의 힘

공갈빵 빈 속에 팽팽하게 들어찬다

맛있는 간식이 부풀어 오른다

샬레

어린 짐승의 배내털에서
상념에 떨어져 흔들리는 고개로,
떠나는 기차를 향해 흔드는 손수건에서
한 시절을 보내는 혁명에 불끈 쥔 주먹으로,

바람에 대한 은유는 분열한다
나와 타인 사이에서 억새가 자라는 동안
다양한 종류로 사랑은 번창한다

세상에 대한 무수한 말을 퍼트리는 그것은 흔들린다
분열로 시작된 사람들
단 한번의 죽음을 위해 시간은 멈추지 않는다
멈추지 않는 분열은 기어이 바람을 퍼트린다

신호등

거대한 잉크젯 프린터
도시의 칼라는 삼원색 신호등을 통해 인쇄된다
신호를 무시하고 질주하는 카니발은 붉다
횡단보도에서 기다리는 태양은 노랗다

몽블랑 190보다 밝은 하루
기계 돌아가는 소리가 들린다
진동이 느껴진다

정전으로 신호등이 꺼졌을 때
푸른 하늘은 내게 길을 건너도 좋다고 허락한다

깜빡거리는 점멸등의 분사
입술은 붉게 눈동자는 검게 칠해진다

건물의 주소들
금샘로 3-19는 인쇄사의 종이 번호
차선 변경이 가능한 길은 접어 쓸 수 있는 검은 엽서

어딘가로 번지기 위해선 색을 흐릴 줄 알아야 한다고

색을 흐린다는 것은 나를 지울 줄 아는 것이라던
젊은 시인의 말처럼 끈적거리는 물감은 풀리고 있다
우리가 핏기 없는 얼굴로 안부 인사를 주고받는 건
물감 통의 농도가 떨어지고 있는 것

유화가 될지 수채화가 될지 모르는 내일이
검은 물감 통에 감기고 있다

門, 問, moon

'거기 누구 없소?'

커다란 항아리 속을 들여다보며 외치는 누군가 있어

나의 출구

환한 저 바깥을 향해

'여기요 여기'

두 팔을 흔들며 나는 또 목이 쉰다

고요의 무게

골목 공터에 버려진 고철 덩어리
기름 범벅인 그가 트럭에 실으려 한다
트럭 짐칸과 늙은 감나무 사이에 감아 놓은 도르래 체인
물건 옮기는 데 이골이 난 계산인데
고철 덩어리 꿈적도 하지 않는다
건너편 낮은 담장 위에서 개는 짖어 대고
어둑어둑 그늘만 키우는 반나절 실랑이에
그가 그냥 돌아선다

제4부

빨간 구두 연출법

창문을 활짝 열고,
검은 꽃무늬 프린트가 들어간 스카프를 둘러요
빨간 구두에 숨어 있는 기호학적 의미가 돋보이게
챙이 넓은 모자를 쓰고
조금 더 세련된 느낌을 원할 땐
젊은 안소니 퀸이 나오는 흑백영화를 보세요
복고풍으로 탈색된 바다는,
빨간 구두를 고급스럽게 해 주죠
필요 없는 부끄러움이 너무 많아 탈이군요
그럴 땐 두꺼운 회색 벨트로 시선을 돌리세요
지켜지지 않는 약속들도
같은 방법으로 연출하면 좋겠죠
카펫에 쏟아진 적포도주는
감각적인 구두와 무난하게 어울리죠
우울한 날에 시선을 끌고 싶은
마을과 마법의 세계를 넘나들고 싶을 때
빨간 구두를 신어요
빨간 구두의 은밀한 꿈이 심장을 뛰게 해 주죠
남용할 수 없는 매력
빨간 구두를 돋보이게 하죠

압류

    밥그릇과 숟가락만 빼고 모든 세간에 빨간딱지가 붙었다 아버지의 누드 사진첩과 비뚤어진 너의 철학과 애꾸눈 고양이까지 손대면 안 되었다 눈물 없는 울음과 느닷없는 봄날과 일요일의 늦잠까지도 빨간딱지가 붙었으므로 슬퍼할 수 없었다 서러움에도 딱지가 붙을까 전전긍긍했다 종적을 감춘 아버지와 우울한 어머니에게도 빨간딱지가 붙었다 이름을 차마 부를 수 없었다 부르는 순간 죽어 버릴지도 몰랐다 불안과의 통화도 정지되었다 하, 수상한 너의 불면은 썩기 시작한 사과와 더러워진 외투처럼 안전치 못했다 늘 흑백이었던 꿈에 핏기가 돌았다 삶이 침묵으로 흘러들었다

커어어다란 거어어억정

자리에서
일어서려는데 의자가 떨어지지 않는다
지나가는 아이에게 도움을 청한다
내 손을 잡은 아이가 내게서 떨어지지 않는다
큰 책을 들고 나타난 중년의 사내가
나를 도우려 손을 내밀었다가 의자에 달라붙는다
잡은 손을 뿌리쳐 보았지만 소용이 없다
마침 힘이 센 덩치가 나타나 자기 힘만 믿으라 했다
내게서 아이를 잡아당기고
아이에게서 중년의 사내를 밀어내던 그가
의자에 닿는 순간 떨어지지 않는다
사람들이 웃는다
웃음들이 의자에 달라붙는다
멀리서 모습을 지켜보고 있던 청년이 다가와
우리의 호주머니를 뒤진다
하루를 챙기려던 그도 의자에 붙어 버린다
몸부림치는 발밑에 경고장이 붙어 있다
'앉지 마시오'
이 끈적끈적한 것을 어떻게 옮길 수 있을까
의자에 앉으려는 사람들 허둥지둥 다가온다

달비계

로프 공(工)*이 내려온다
어미의 젖통 밀 듯
금강빌딩을 툭, 툭
발길질하며 내려온다

굴뚝 청소부, 줄광대와 함께
발밑을 내려다봐선 안 되는 넘버 쓰리 직업
바람 부는 날엔 위험수당 높아
이골이 난 허공 한나절 재미가 쏠쏠하다
배 밖에 내놓은 간과 쓸개
물통인 듯 걸레인 듯 흔들리며 내려온다

흔들의자의 다른 이름은 안락의자

속이 훤한,
들여다볼 수 없어 편한 심사
땅에 닿지 않는 발 흔들며
피장파장 내려온다

●건물 외벽을 닦거나 페인트칠 하는 인부.

고갈비 골목*

등 푸른 저녁
빌딩의 뒤안을 홀로 걷는 사람아
지워지고 있는 길에서 돌아오라
사람 두엇 어깨가 닿는 골목
남마담집도 좋고 할매집도 좋다
낡은 손목시계 맡기고 이순신 꼬냑**에 취해 보자
밤새워 읽기로 한 책 맡기고
라이스 와인***에 소양강 처녀를 불러 보자
돈 없어 시킨 안주
못 잊어가 되어 버린 깍두기 앞에서
우리의 진짜 안주는 가난이었다
느린 걸음으로 걸어오고 있는
가슴 깊은 사람아
젖은 연탄이 뱉어 내는 연기에 콜록거려 보자
빈방 이씀
철자 틀린 단칸방에 세 들어
새벽이 돌아올 때까지
그늘 깊은 창문에 고개를 묻어 보자
휘어지는 힘으로 버텨 온 골목에서
키가 크는 그림자를 기다려 보자

걷지 못한 빨래들 펄럭이는
공동 화장실 도리에 이마를 찧는 달빛
음 낮은 목관악기로 울어 대는
지느러미를 흔들며 돌아오는 골목아,

●부산 광복동에 있는 고등어 요리 골목.

●●이순신꼬냑: 소주.

●●●라이스와인: 막걸리.

본적

나의 본적은
내가 태어난 곳이 아니라
아버지가 태어난 곳

오리온좌에서 멀지 않은 곳이라고
이력서 첫 칸에 쓴다
태생보다 더한 이력은 없으므로
남은 빈칸들을 채우지 않기로 한다
한 줄 쓰고 멈춘 나의 배후

아버지의 머릿속 실핏줄이 터졌을 때
엑스레이 사진 속에서 나는 한 점,
검게 빛나는 은하계를 본 적 있다
연필심 끝으로 찍어 놓은 제우스의 태생지

아버지는 주파수를 잡지 않은 라디오를 켜 놓고 주무셨다
직직거리는 소음은 우주 먼 곳에서 타전 되어 오는 아버지
의 모국어
너무 늦은 기별이어서 지나쳐 버린 약속들
방송이 끝난 티비를 켜 놓고 주무셨던 것도

화면 속 흑백의 언어들을 듣고 계셨던 것인데
그것도 모르고 꺼 놓고 나온 밤들이 많았다

눈물 많은 아버지,
한밤중에 오래도록 하늘을 바라보셨던 이유를 이제야 알
다니

길에서 만난 헤르메스

눈보라가 하루 종일 불었다
사라진 예수의 무덤에 남아 있던 아마포
지상은 미사 중이었고
나는 혼자서 걷고 있었다
지도를 펼쳐 보니 성당 묘지 옆길로 마을이 빠져나가고 있
다
조금만 더 걸으면 갈림길이 나올 것이다
마리아 막달레나의 바람이 불고 있으니
곧 베드로가 달려올 것이다
지나치지 말라는 주의
어제 종일 걸어 올라온 산 내려갔다
다리를 절며 걷던 청년은 보이지 않았다
아무도 없는 길,
언덕배미 밑에 오줌을 눈 지도 한참이 지났다
뒤돌아본 언덕 위에 예수의 얼굴을 쌌던 수건,
작은 농가 한 채 개켜져 있다
개 짖는 소릴 들었던가
눈앞에 불쑥, 검은 개 한 마리
길을 막고 서 있다
보란 듯 드러낸 송곳니

사랑하란 말을 저리 무섭게 으르렁거리다니,
개는 물기만 하면 되었고 나는
죽을 일만 남았다
사람들은 왜 용서가 되지 않는 걸까
대답 없는 질문에도 눈은 내려
제자릴 찾아가는데
설원의 고해성사는 끝날 줄 몰랐다
돌아서는 검은 개의 붉은 망토가
폭설 뒤로 언뜻 보였다

9달러

블라디보스톡역 광장에서
격전지의 기념 배지들이 꽂혀 있는
러시아 병사의 모자를 산다

배지가 조금 더 달린 것은 12달러
3달러 더 주고
총성이 박혀 있는 검붉은 하늘과
국적 불명의 깃발이 꽂혀 있는 들녘을 산다

병정놀이를 좋아하는 어린 아들
머리에 써 보고서 멋있느냐고 묻는다

식량 끊긴 밤이었던가
거리에서 주운 퇴역 장군의 배지,
오지 않던 봄이 단돈 9달러

열차 시간 다 되어
주둔지로 떠나는 여행객을 향해
7달러 5달러로 떨어지는 모자
팔리지 못한 모자들이 외치는 9달러가

점점 멀어진다

정숙

그녀는 유엔 기념 공원묘지에서 산다

한국전쟁에서 산화한
유엔군 장병 4만 895명의 영혼을 위해 산다

어떤 웅변

그가 외친다

책 넘기다 손 베일 수 있다고

걷다 넘어져 무릎 깰 수 있다고

살다 보면 뜻하지 않게 상처 생기는 거라고

상처에 붙이는 밴드 50개가 단돈 천 원이란다

천 원으로 상처 50번을 감쌀 수 있다니

한 번의 상처로 죽을 수도 있는데

구겨진 천 원 그에게 건네고

가방 속에 집어넣은 상처 50번

든든하다

몽골 낙타

1

산고를 잊지 못한 어미가 새끼에게 젖을 물리지 않을 때,
낙타 주인은 마을 끝에 사는 마두금 켜는 악사를 데려왔다 한
적한 나무 그늘 아래서 악기의 노랫소리를 들은 어미가 하염
없이 눈물을 흘린 뒤에서야, 새끼에게 젖을 물렸다 그때 알았
다 낙타의 혹이 사막을 견디기 위한 양식이 아니라, 슬픔을
견디기 위한 눈물주머니라는 것을

2

황제의 병사에게 키우던 말을 빼앗긴 소년이 울었다 먼 길
도망쳐 돌아온 말이 죽으며 남긴 유언대로 힘줄로 현을 만들
고 뼈로 몸통을 만들어, 소년은 노래를 불렀다 끊어질 듯 가
늘고 고운 목소리로 부른 허허벌판의 바람과 양고기가 익고
있는 저녁을, 몽골 낙타는 들었던 것 그때 알았다 들꽃의 배
웅과 갸르의 촛불이 들녘에 저녁을 불러온다는 것을

3

열차를 기다리는 동안 울고 있는 그녀는 기억을 업고 있다
엄마의 눈물 때문에 콧물 범벅인 조그만 얼굴, 그녀의 눈물이
정차하는 역은 모두 기억이라는 이름을 가졌다 무얼 내다 버

리는 걸까 둥근 바퀴를 가진 그녀의 울음은 슬픔이라는 뜨거
운 동력으로 달려 붉은 눈시울에 도착한다, 울컥울컥 도착한
슬픔은 연착하지 않는다는 것을 그때 알았다

핫팬츠 핫의 온도는 몇 도쯤 될까

사 놓고서 한번도 입어 보지 못한 핫팬츠를 버린다
핫팬츠 핫의 온도를 버린다

간밤 내내 열 오른 이마를 짚어 준 약손의 온도
몇 번이나 망설이다 잡았던 수줍은 손의 온도를 모른다
오랜 진통 끝에 얻은 아이의 체온과
임종 순간 지상에서의 마지막 아버지의 체온도 모른다
 헤어지면서 흘린 죽을 것만 같았던 눈물의 온도도 모르면
서
 나는 핫팬츠 핫의 온도가 궁금하다

붉게 보이는 별의 온도
더 멀고 뜨거워 푸른 별들의 체온
내 몸의 온도에서
1.5도씨 높으면 감기에 걸린 거고
1.5도씨 낮으면 근육이 경직되기 시작하고
28도씨 이하로 내려가면 혼수상태가 된다는데
20도로 떨어지면 사망한다는데
물 끓는 온도도 우리들의 약속이라는데

마음이 뛰는 온도

한번도 뜨거워 본 적 없는

나는 왜 핫팬츠 핫의 온도가 궁금할까

예인선

어린아이가
노인의 손을 잡고 걸어간다

무량한 햇살 이기지 못해 잔뜩 휜 허리

따스한 햇살 쪽으로
물오른 단풍나무 아래로

한세상 떠돌다 돌아와 정박하는 일
저렇게 손잡아 이끌어 주는 것

낡은 배 한 척,
암초 무성했던 한 생이
작은 손을 잡고 따라간다

노안(老眼)

측량기를 국도에 세워 놓고
가을을 재고 있다
한쪽 눈을 감고
가을 속으로 뛰어든 텅 빈 밭을
뚫어져라 바라본다
무엇이 가을의 영토에 침범했는지
설계도에서 벗어났는지
들여다보고 있다
길모퉁이 조심조심 돌아가는 하늘
지난 홍수에 떠내려간 다리
사내의 눈 속으로 달려오는
낡은 자전거 소리까지
모눈종이에 한 칸 한 칸 새겨 넣는다
잘 보이지 않는 먼 곳을 위해
다시 한번 눈을 질끈 감아 본다
한쪽 눈을 감아야 정확한 경우라니
폴대 끝에 걸려 있는 붉은 깃발
은근슬쩍 가을 속으로 파고든다
가을을 확장하기 위해
밑그림을 재는 동안

가까운 그대 멀리 두라고
눈이 늙는다

뜨거운 책

헌책방 구석에서 발견한 쪽방
커다란 꽃무늬 커튼 그 안으로
살짝 글귀가 보인다
삼다리 철제 밥상에 수저 두 쌍
밥그릇 두 개, 찬 종지 두어 개
방금 차려진 조촐한 문장에서
모락모락 김이 난다
아랫도리를 내놓은 어린 녀석이
젊은 엄마의 젖을 물고
발가락을 꼼지락거리며 논다
그 이야기 옆으로 손 씻고 들어온 문장 하나
밥상 앞에 앉는다
제목 없는 책 한 권, 배부르다

무덤, 분양 받다

장판을 깔았다
책장에 책도 꽂았다
컴퓨터와 팩스 겸용 프린터도 장만했고
전기 포트와 냉장고
세면도구와 간식들도 마련했다
들어와 살면 되었다
약간의 전기세와 물세가 있지만
전망 없는 창문이 불만이지만
날아가는 새들의 그림자는 쓸 만했다
약속만 하고 오지 않을 사람을 위해
양초도 몇 개 서랍에 챙겼다
사는 게 뭐였는지
낙서 받아 줄 벽이 있어 좋았다
언 몸 추위에 부비는 연습은
살아 있을 때
외로움과 친해지는 것도
살아 있을 때
방은 하나 구했는데
죽은 자가 없다
그게 문제였다

지운다는 것과 드러낸다는 것

고봉준

1.

일찍이 하이데거는 예술을 일상이라는 균질적인 시공간 속에서 감추어진 것, 한낱 도구나 대상으로 전락해 버려 망각된 것을 불현듯 우리 눈앞에 열어 보여 주는 탈은폐(aletheia)로서의 진리로 정의했다. 이러한 열림의 예술은 작품의 진리가 개시의 진리, 즉 은폐(lethe)와 망각(lethe)을 일깨움으로써 '존재자의 존재'를 개시하는 것, 곧 진리의 발현과 관련된다는 것을 의미한다. 세계를 '탈은폐'한다는 것은 일상적이고 산문적인 세계의 평범함을 허물고 세계를 새롭게 만든다는 것이며, 동시에 예술 작품이 아니었다면 결코 우리의 눈앞에 모습을 드러내지 않았을 세계를 가시화하는 행위이다. 고흐의 구두 그림에 관한 하이데거의 유명한 해석에서 드러나듯이, 현실/일상의 세계에서 우리의 눈앞에 놓인 한 켤레의 구두는 완성된 물건으로서의 대상이거나 특정한 가격과 사용가치를 지닌 존재자로서의 물건으로 주어지지만, 고흐의 구두 '그림'은 그 구두에서 대상 이상의 것, 실용적인 존재자 이상의 것을 불러낸다. 이 존재자 이상의 의미가 구체적으로 무엇인지, 가령 하이데거의 설명처럼 거친 바람 속에서 밭고랑을 걷는 농부의 강인함과 대지의 습기, 그리고 풍요로움인지는 중요하지 않다. 다만 하이데거가 고흐의 구두 '그림'에서 구두라는 도구가 '대지'에 속해 있다고 말할 때, 그것은 사물로서의 구두가 존재자의 영역에 속함을 의미하며, 그가 '세계'라고 말할 때 그것은 도구가 사용되는 다양한 문화적 맥락이나 의미에 관련된다는 것이 중요할 뿐이다. 이때 '대지'는 존재를 은폐하기 때문에 어둠의 영역이고, '세계'는 존재의 완전한 '열림'이자 '빛'이다.

'예술'의 존재 의미가 탈은폐로서의 진리에 있다는 주장은 결국 예술이 우리의 일상적 공간을 특별한 장소로, 일상적 시간을 비일상적 시간으로 경험하는 극적인 전환의 과정에 있음을 의미한다. 이런 관점에서 자신의 전 일상을 비일상화했던 보들레르의 영웅적인 삶과, 현대적 회화의 핵심이 대상에 대한 기존의 시각을 모두 지우고 새로운 이미지를 부여하는 것에 있다고 주장했던 세잔의 회화론과, 그리고 사물에 대한 현상적 이미지를 부여하는 지각이 몸과 마음으로부터 느껴지는 사물 세계에 대한 반응에서 발생한다는 메를로-퐁티의 지각의 현상학 등은 예술의 대상을 유용하고 가치 있는 도구로 표상하는 인식론적 진리의 세계 '바깥'에서 예술을 사유한다는 공통점을 지닌다. 그들은 사물(대상)과 인간의 예술적 관계가 실용성과 가치가 지배하는 일상적 차원과는 구분되는 곳에서 사유 되어야 하며, 뒤집어 말하면 예술은 어떤 경우에라도 사물(대상)을 실용성을 지닌 도구의 차원에서 접근하면 안된다고 경고한다. "사물들의 견실성(solidité)은 정신이 위에서 내려다보는 순수 대상에 든 견실성이 아니며, 그것은 내가 사물들 가운데 그 하나로 있는 한도에서, 나에 의해 내부로부터 느껴진 견실성이다"(메를로-퐁티). 일상적인 실용성의 세계 속에서 사물(대상)은 오직 유용한 손 안의 도구일 뿐이며, 사물에 대한 이러한 인식은 사물의 진정한 가치를 은폐할 따름이다. 이는 결국 예술이 일상적 삶과 경험을 그대로 긍정하지 않는다는 것, 일상적 경험 안에서 비일상적인 것을 발견함으로써 사물의 비가시성을 드러내는 행위라는 것을 의미한다. 우리가 사물(대상)의 비가시성을 가시화할 수 있는 이유는 그것이 특정한 시선에 의해 전체로 드러날 수 없는 공백을 포함하고 있기 때문이다. 하나가 여럿이 되는 풍요성과 밀도의 세계.

2.

다소 먼 길을 돌아온 느낌이지만, 예술이 탈은폐로서의 진리라는, 일상을 비일상적 시공간으로 경험하는 불가역적 순간이 문학의 출발점이라는 일반론은 신정민의 시 세계를 이해하기 위해서 우리가 거쳐야 하는 에움길의 하나일 듯하다. 그녀의 시편들은 시적 긴장과 새로움의 시적 가치가 '일상'이라는 낯익은 세계를 비일상의 낯선 세계로 변주하는 가운데 획득되며, 그것이 은유라는 비유 체계에 의해 지지 된다는 상식적인 사실을 증명하고 있기 때문이다. 이러한 경험적 세계는 대상-세계를 바라보는 기존의 시각을 지움으로써 완성된다. 지운다는 것은 대상-세계에 대한 실용적 용도와 표상적 이해를 벗어나 그것의 이면(異面)을 드러내는 작업이다. '해체'라는 부정적인 방식과 달리, 그것은 대상성과 유용성이라는 기존의 가치/척도에 의해서 포착될 수 없는 대상-세계의 풍요로운 밀도를 드러내는 행위이며, 이 행위에 의해서 우리는 대상-세계와의 새로운 관계성을 획득하게 된다. 그런 점에서 문학적인 의미의 지움은 대상을 부정하는 것이 아니라 비트는 변주이며, 이성에 의해 인식하는 것이 아니라 감각적으로 지각하는 신체적 사유의 일부이다.

그의 턱 밑에 3센티미터 흉터가 있다
행운목 화분 모서리가 만들어 준 그것은 항상 닫혀 있다

넘어진 적 있다, 는 상징에서
그는 모든 것을 꺼낸다
하루 동안 처리해야 할 서류 뭉치
주말에 다녀오기로 한 아이와의 동물원 약속
기린과 코끼리도 그곳에서 나온다
미처 다 꺼내지 못한 아내의 생일 선물도
어지러운 책상의 물건들도

>

어느 날 갑자기 깨끗해진 그의 방은
그가 지저분한 모든 것들을 그곳에 집어넣었기 때문이다

옆자리 동료가 자신을 헐뜯었다는 소문을 들었을 때에도
그가 꾹, 참을 수 있었던 것
불같은 마음을 집어넣고 스윽, 닫아 버렸기 때문이다

밑 짧은 바지였다가
짤랑거리는 동전 지갑이었다가
모처럼 장만한 가죽 재킷이 되기도 하는 그를 통해
흉이 여러모로 쓸모가 있다는 것을 알았다
흉 없는 사람은 좀 수상했다

―「지퍼」 전문

　신정민의 시에서 대상에 대한 시적 변주는 대개 유사성이
라는 은유적 방식을 취하고 있다. 은유적 충동이 이질적인
차이를 봉합하는 폭력적 인식의 산물이라고 비판되는 경우도
없진 않지만, 시에서 은유는 '같음'과 '다름'을 동시성에 함축
함으로써 서로 다른 존재들 사이에 새로운 관계의 출구를 선
사한다. 때문에 시적 장치로서의 은유적 충동에는 둘 이상의
존재가 요청된다. 이 시에서 첫 번째 등장하는 존재는 익명의
존재인 '그'이다. 그는 "턱 밑에 3센티미터 흉터"를 지니고 있
고, "행운목 화분 모서리가 만들어 준 그것"은 항상 닫혀 있다.

닫혀 있는 '상처/흉터'가 시각적인 차원에서 '지퍼'를 닮았다는 것이 시적 상상력의 기원이다. 두 번째 존재는 '지퍼'이다. '그'와 '지퍼'는 '흉터'의 형상이라는 유사성을 지녔고, 그 유사성이 '그'와 '지퍼'라는 전혀 무관해 보이는 존재들을 교신시킨다.

그런데 시적 상상력과 은유적 충동이 여기에서 멈추면 이 시는 '은유'에 관한 교과서적 사례에 그치고 만다. 은유적 유사성의 발견은 항상 시인을 '발견자'라는 객관적인 위치에 묶어 둠으로써 세계를 풍경화하기 때문이다. 이 경우 시는 탈은폐로서의 진리는커녕 풍경이라는 장치를 통해 세계를 휘발시키는 건조하고 상투적인 관찰에 불과하게 된다. 은유적 충동에는 '발견' 이상의 그 무엇이 뒤따라야 한다. 이를테면 시인은 2연에서 행운목 화분이 만든 '그'의 흉터를 "넘어진 적 있다, 는 상징"으로 변주한 후, '그'가 지퍼의 형상을 한 흉터 속에 일상의 모든 것을 넣고 꺼내는 장면을 상상한다. 이 상상 속에서 '흉터'는 "넘어진 적 있다, 는 상징"을 넘어 일종의 마술 주머니가 된다. '흉터'는 이제 무엇이든 넣을 수 있고, 또 꺼낼 수 있는 주머니이다. '흉터─주머니'가 있기에 그는 "옆자리 동료가 자신을 헐뜯었다는 소문"을 듣고도 "불같은 마음"을 억누를 수 있게 되었다. 그 '마음'을 그냥 '흉터─주머니'에 넣고 지퍼를 닫아 버리면 되기 때문이다. 그런데 '흉터'가 '주머니'로 바뀌는 이러한 "마법의 세계"(『빨간 구두 연출법』)는 5연에서 다시 "밑 짧은 바지"─"동전 지갑"─"가죽 재킷'으로 (재)변주 된다. 이러한 (재)변주가 역시 시각적인 유사성에 근거하고 있음은 긴 설명이 필요하지 않을 듯하다. 그렇다면 이러한 (재)

변주를 거쳐서 시인의 사유가 도달한 곳은 어디인가? 그것은 "흠이 여러모로 쓸모가 있다는 것"과 "흠 없는 사람은 좀 수상했다"라는 두 가지 진술이다. 첫 번째 진술은 쓸모없음의 유용성, 즉 세계 내부적인 의미에서 비실용적인 것('흠터')이 시적 (재)변주를 거치면서 유의미한 것으로 거듭났다는 사유를, 두 번째 진술은 '(흠)터'가 결여의 상징이 아니라 인간 존재에게 운명적인 것이라는 사유로 확장된다. 인간은 상처 받을 가능성을 지닌 존재라는 이러한 인식은 역설적으로 "흠 없는 사람"을 수상한 사람으로 바라보는 시선으로 바뀐다.

단단한 생밤에 칼집을 낸다
화로 위에 올려놓은 흠집 난 밤이
툭! 벌어지며 노란 속내를 드러낸다
영락없이 활짝 웃는 입이다

그의 손목에서 칼집의 흔적을 본 적이 있다
한때 단단한 생밤이었던 청춘
단단한 것이 부드러워지려면
저렇게 칼집을 넣는 것
그의 따뜻한 눈빛과 부드러운 말투는
흠집 깊은 그가
세상 이리저리 뒹굴며 한바탕 잘 구워진 것

제 몸에도 붉은 피가 흐른다는 것을 처음 보았을 것이다

시곗줄로 감춘 상처에 대해

왜, 라고 묻지 않는 것은 그에 대한 나의 예의다

늦은 밤 불 꺼진 방에 홀로 들어서는 것이 제일 싫다는 그가

알토란 같은 자식 낳고 한번 잘 살아 보겠다는 그가

툭! 불거지며 샛노란 속내를 드러낸다

그가 웃는다

웃는 것이 우는 것보다 낫단다

잘 구워진 밤 한 봉지 받아 들고

칼바람 부는 거리를 걷는다

집으로 가는 동안 내가 익는다

—「칼집」 전문

이번에는 생밤의 "칼집"과 '그'의 손목에 난 "칼집의 흔적"이
은유적 유사성의 등가물로 등장한다. 시인은 "화로 위에 올
려놓은 흠집 난 밤"과 "그의 손목에서 칼집의 흔적을 본" 기억
을 중첩시킴으로써 인간 존재의 상처 받을 가능성을 드러낸
다. 그런데 이러한 시각적 유사성은 어딘가 이상하다. 생밤의
"칼집"과 손목의 "칼집의 흔적"은 "칼집"이라는 점에서는 동일
하지만, 전자가 "영락없이 활짝 웃는 입"처럼 중성적인 이미
지인 반면 후자의 상처는 결코 그렇게 쉽게 말할 수 없기 때문
이다. 인간 존재의 상처는 실존의 깊이를 담고 있으며, 나아
가 한 세계의 파탄과 몰락을 증거하는 것이 아닌가? 그럼에

도 시인은 이러한 존재의 비극적 삶에는 개의치 않는다는 듯 '그'의 손목에 각인된 "흠집"에서 "그가/ 세상 이리저리 뒹굴며 한바탕 잘 구워진 것"이라는 명랑한 느낌을 이끌어 낸다. 어떻게 이러한 인식이 가능한 것일까? 이것을 이해하기 위해서 우리는 먼저 '상처'에 관한 시인의 태도에 대해 살펴보아야 한다.

신정민 시인의 첫 시집 『꽃들이 딸꾹』의 첫 장에는 「맨 처음」이라는 제목의 시가 실려 있다. 과일이 바람과 햇볕을 맞으며 익어 가는 과정, "사과의 귀가 맨 처음 열린 곳"이 썩기 시작하는 장면을 '썩어 감'이 아니라 '익어 감'으로 재해석하는 이 시는 '상처'에 관한 시인의 태도를 뚜렷하게 보여 주는 작품이다. 세속적인 시선으로 보면 바람과 햇빛을 맞으며 붉어지기 시작한 곳이 맨 처음 부패가 시작되는 곳이지만 시인은 "썩고 있는 체온으로 벌레를 키워 (중략) 온 힘을 다해 썩는 사과는 비로소 사과가 된다"처럼 부패를 성숙의 과정으로 이해한다. 이러한 태도는 '상처'에 대해서도 동일하게 적용할 수 있는데, "싸움이 끝난 뒤 포옹을 나누는 복서들처럼 내게로 와서 이름이 되어 준 상처들, 부를 때 거기 있어 준 존재들과 뜨겁게 포옹을 나누고 싶다"(「시인의 말」)는 시인의 바람은 '상처'가 애써 회피해야 할 부정적 대상이 아니라 "기억으로 다녀오곤 했던 과거"를 구성하는 실존적 시간으로서 의미를 지닌다는 것을 뜻한다. 하여, 시인에게 '상처'는 자신의 실존을 구성하는 시간적 계기의 하나로서 존재의 이유가 분명하며, 상처에 대한 이러한 태도야말로 그녀의 두 번째 시집에서 우리가 감지할 수 있는 특이성의 하나일 것이다. 시인에게 '상처'는 끄

집어내어 가시화해야 할 것이 아니라 실존적 맥락에서 껴안아야 할 무엇이다.

이 껴안음이 바로 '예의'이다. "왜, 라고 묻지 않는 것은 그에 대한 나의 예의다"(「칼집」). 가령 우리가 어떤 사람의 손목에서 깊이 각인된 칼집, 즉 상처의 흔적을 목격했다고 상상해보자. 아마도 우리 대다수는 그 사람에게 그 상처가 무엇에 다친 것이며, 어쩌다가 그런 상처를 입게 되었느냐고 묻고 싶을 것이다. 타인의 상처에 대한 이런 관심은 종종 '인간적'이라는 수사를 달고 발설되기도 한다. 그러나 이 시에서 시인은 '그'가 애써 "시곗줄로 감춘 상처"에 대해 '왜'라고 묻지 않으며, 그 물음 없는 가운데의 맞이함을 "그에 대한 나의 예의"라고 주장한다. 이 물음 없음은 결코 '그'에 대한 나의 무관심이 아니다. 상처는 이미 존재 그 자체를 통해서, 마치 불 위에 올려진 생밤이 "툭! 벌어지며 노란 속내를 드러"내듯이, '그'의 삶을 증언하고 있다. "과거는 상처에 저장"(「최면술사 K씨가 말했다」)된다. 그리하여 이 시의 마지막 연에 등장하는 '웃음'과 '익어 감'은 상처의 시간을 극복하려는 '그'의 생에 대한 의지를, 그리고 그런 '그'의 의지를 성숙의 계기로 받아들이는 삶에 대한 나의 '태도'를 드러내는 것이라고 말할 수 있다. 그렇지만 상처를 극복의 대상, 즉 극복해야 하거나, 극복할 수 있거나, 심지어 포용의 대상이라고 말하는 것은 '상처'에 대한 기만이거나 그것과의 마주침을 외면하려는 자기 합리화가 아닐까. 상처의 시간과 포용할 수 있다고 말하는 것은 위선이 아닐까. 어쩌면 상처는 우리가 영원히 껴안을 수 없는, 껴안는 순간 '나'

라는 자아의 세계에 심각한 균열이 발생하는, 하여 직시할 수
만 있는 응시의 대상이 아닐까. 이런 물음들에 비추어 다음
의 시를 읽어 보자.

1

산고를 잊지 못한 어미가 새끼에게 젖을 물리지 않을 때, 낙
타 주인은 마을 끝에 사는 마두금 켜는 악사를 데려왔다 한적
한 나무 그늘 아래서 악기의 노랫소리를 들은 어미가 하염없이
눈물을 흘린 뒤에서야, 새끼에게 젖을 물렸다 그때 알았다 낙
타의 혹이 사막을 견디기 위한 양식이 아니라, 슬픔을 견디기
위한 눈물주머니라는 것을

2

황제의 병사에게 키우던 말을 빼앗긴 소년이 울었다 먼 길
도망쳐 돌아온 말이 죽으며 남긴 유언대로 힘줄로 현을 만들고
뼈로 몸통을 만들어, 소년은 노래를 불렀다 끊어질 듯 가늘고
고운 목소리로 부른 허허벌판의 바람과 양고기가 익고 있는 저
녁을, 몽골 낙타는 들었던 것 그때 알았다 들꽃의 배웅과 갸르
의 촛불이 들녘에 저녁을 불러온다는 것을

3

열차를 기다리는 동안 울고 있는 그녀는 기억을 업고 있다
엄마의 눈물 때문에 콧물 범벅인 조그만 얼굴, 그녀의 눈물이
정차하는 역은 모두 기억이라는 이름을 가졌다 무얼 내다 버리

는 걸까 둥근 바퀴를 가진 그녀의 울음은 슬픔이라는 뜨거운
동력으로 달려 붉은 눈시울에 도착한다, 울컥울컥 도착한 슬
픔은 연착하지 않는다는 것을 그때 알았다

—「몽골 낙타」전문

'상처'에 관한 세 개의 시선이 교직되고 있다. 첫째, 시인은
산고(產苦)로 인해서 새끼에게 젖을 물리지 못하는 어미 낙타
의 이야기를 통해서 낙타의 혹이 사막을 견디기 위한 양식이
아니라 "슬픔을 견디기 위한 눈물주머니"임을 깨닫는다. 낙
타의 혹이 "슬픔을 견디기 위한 눈물주머니"라는 시인의 깨달
음은 "악기의 노랫소리"가 상징하는 음악/예술이 슬픔을 달
래는 위무의 형식이며, 모든 생명체가 자신의 신체 속에 생의
슬픔을 달랠 수 있는 장치를 소유하고 있음을 암시한다. 고
통은 극복될 수 있는 것이 아니라 위무 될 수 있을 뿐이며, 슬
픔을 견딤, 즉 껴안은 채 살아가야 하는 것이 또한 생명체의
운명이라는 생각이 첫 번째 시선을 지배하고 있다. 둘째, 시
인은 황제의 병사에게 말을 빼앗긴 소년의 울음과, 도망쳐 돌
아온 말의 신체로 악기를 만들어 연주하는 소년의 노래를 통
해서 '저녁'이라는 몰락의 시간이 자연의 물리법칙 때문이 아
니라 실존적이고 감각적으로 세계를 경험한 결과로 도래한 것
임을 알린다. 이 전도된 인과관계에 따르면 '저녁'이 되어서 슬
픔의 느낌이 도래하는 것이 아니라 '슬픔'의 느낌 때문에 '저
녁'이 찾아온다. 세계에 대한 실존적 감각은, 삼월에도 눈을
불러들이고 심지어 낮과 밤의 우주적 운행에 전면적인 교란

을 발생시킨다. 슬픔에 휩싸인 존재에게는 낮도 밤일 수 있고, 여름도 겨울일 수 있다. 셋째, 시인은 울음을 울면서 열차를 기다리는 한 여인의 모습을 통해서 기억과 슬픔의 상관관계에 대해 이야기한다. 열차를 기다린다는 것, 그것은 슬픔에 빠져 있는 '이곳'을 벗어나 미지의 어떤 곳으로 떠남을 준비하고 있음을 의미한다. 그녀는 '지금—이곳'에서 자신이 감당해야 할 슬픔의 무게를 벗어던지기 위해, 혹은 슬픔과 상처의 시간을 떨쳐 버리고 새롭게 시작하기 위한 새로운 출발선에 서 있는 것인지도 모른다. 그러므로 떠난다는 것은 곧 버린다는 것이다. 그러나 "그녀의 눈물이 정차하는 역은 모두 기억이라는 이름을 가졌다"라는 시인의 불길한 예언처럼 미래의 시간과 미지의 공간을 향한 그녀의 여정은 결코 '기억'으로부터 자유로울 수 없을 것이다. 그녀는 자신의 몸을 실은 열차가 불현듯 멈춰서는 낯선 역에서 '기억'에 발목을 붙잡혀 서러운 울음을 터뜨릴 것이며, 기차의 "둥근 바퀴"가 상징하듯이 슬픔에서 슬픔으로, 눈물에서 눈물로 이어지는 순환의 운명으로 인해서 언젠가는 다시 '지금—이곳'으로 되돌아올 것이다. 그녀의 슬픔은 연착하지 않을 것이고, "슬픔이라는 뜨거운 동력"으로 달리는 그녀의 기차는 결국 "붉은 눈시울"이라는 역에 도착할 것이다. 우리는 안다. 이러한 기억의 순환 법칙 속에선 떠남과 돌아옴이 우리의 의지만큼 명확하게 구분되지 않는다는 것을. 하여, 누군가는 떠남을 돌아옴의 형식으로 이해할 것이고, 또 누군가는 돌아옴을 떠남의 형식으로 받아들일 것이라는 사실을. 분명한 것은 상처/슬픔에 관한 세 개의

131

시선을 통해서 시인은 상처와 슬픔이 쉽사리 극복될 수 없음을, 그리하여 그것을 극복하는 유일한 방법이 껴안음에 있다는 것을 말한다는 사실이다.

3.

다시, 탈은폐로서의 진리가 예술이라는 하이데거의 정식으로 돌아가자. 오해와 달리, 작품의 진리가 개시의 진리라는 하이데거의 정식은 예술을 '대상-사물'에 대한 '주체-인간'의 관계, 즉 '주체-인간'이 '사물-대상'의 이면을 드러나게 만든다는 인간학적인 발상과 무관하다. 이런 점 때문에 문학/예술이 세계를 가시화한다는 말은 능동적인 인간학적 맥락을 벗어나 제한적으로 사용되어야 한다. 탈은폐의 주체는 결코 예술가가 아니다. 예술에 관한 하이데거의 주장은 세계와 사물이 근원적으로 경험 될 경우, 그것들이 자신의 진리를 열어 보이면서 다가오고, 또 말을 건다는 것을 의미한다. 물론 이 때의 말 건넴은 '소리 없는 말'이다. 하이데거는 인간의 언어/말이란 이러한 '소리 없는 울림'에 대한 응답이며, 이렇게 응답하는 말이 곧 시의 언어라고 말했다. 만년의 하이데거는 철학이란 이러한 존재의 말 건넴에 초연히 응답하는 행위라고 정의했고, 또한 생각하는 것(사유)은 존재자의 존재로부터 본질을 청취하는 것이라고 썼다. 하이데거에게 말한다는 것은 청취를 전제한 응답의 일종이었다.

앞에서 우리는 예술에 관한 하이데거의 정식과 보들레르, 세잔, 메를로-퐁티의 예술론에 근거하여 예술이 일상적인 낯익음의 세계를 비일상적인 낯섦의 세계로 변주하는 것이고, 신정민의 시 세계 역시 일상을 비일상적인 것으로 경험하는 과정이라고 규정했다. 그런데 '일상의 비일상화'라는 이러한 시적 변주는 신정민의 시에서 인간 존재, 즉 '나'라는 존재에게도 동일하게 적용된다. 이런 까닭에 그녀의 시는 자아의 정체성을 더욱 견고하게 만드는 자아의 서정시가 아니라 '자아'라는 정체성에 대항하여 존재의 견고함을 해체·변주하는 비동일성의 시에 더욱 가깝다. 자아의 시가 습관적인 지각 체계를 통해서 세계를 일상화하는 방식으로 씌어진다면, 비(非)자아의 시는 반복적인 일상적 경험조차 차이의 시각에서 다룸으로써 자신의 내면적 잠재성을 세계를 향해 개방하는 방식으로 씌어진다. 앞에서 언급했던 '지움'이란 결국 이 개방의 또 다른 표현에 불과하다. 신정민의 시에서 이 개방은 정체성 관념의 바깥에서 행해진다.

> 검은 눈에 푸른 슈트를 입은
> 노오란 넥타이가 잘 어울리는 고르바쵸프
> 코가 큰 첫 번째 그대를 열면
> 이마가 넓고 입술이 도톰한 그대가 나오지
> 좀처럼 웃질 않아
> 웃음치료사가 필요하지
> 머리숱 없는 대머리 고르바쵸프

헛기침이 멈추지 않는 두 번째 그대는

심호흡 처방전이 필요해

세 번째 고르바쵸프 안에 숨어 있는 바보

덧셈이 되질 않아

나팔꽃 더하기 꿀벌은 물고기가 되곤 하지

고민 중인 찰리 브라운의 눈을 가진

네 번째 그대를 품고

점점 작아지는 고르바쵸프

자신을 괴롭히고 괴롭혀서 시를 쓰지

부족하면 타인을 괴롭혀서라도

볼이 처진 다섯 번째 고르바쵸프

오렌지색 슈트에 녹색 나비넥타이의 유혹

유혹은 거절하기 위해 있는 것

입을 삐죽거릴 때마다 안경이 흘러내리는 그대

붉은 여우 꼬리로

이마를 감춘 그대를 품고 있지

숱 많은 콧수염 속에 입술을 감춘 그대

뚱뚱한 고르바쵸프 속에 다섯 개의 내가 있지

　　　―「나는 도대체 그대의 몇 번째 고르바쵸프일까」 전문

　이 시에서 우리를 당혹스럽게 만드는 것은 "고르바쵸프"라
는 비시대적 정치인의 이름이 아니다. 사실 이 시에서 "고르
바쵸프"는 하나의 대체 가능한 기호에 불과하다. 그것은 다
른 이름들로 얼마든지 바뀌어도 상관없다. 그럼에도 이 시가

"고르바쵸프"라는 인명을 고집하고 있는 까닭은 그것이 시인의 특별한 경험과 관계되기 때문일 것이다. 여기에서 "고르바쵸프"는 고르바쵸프라는 정치인의 형상을 모방해서 만든 러시아 인형, 즉 마트로시카를 가리킨다. 시인은 다산과 풍요를 상징하는 마트로시카의 형식적 원리를 "뚱뚱한 고르바쵸프 속에 다섯 개의 내가 있지"처럼 균질하게 봉합 되어 있는 정체성의 내부에서 자아로 환원되지 않는 균열과 공백의 지점을 발견하는 시적 장치로 사용하고 있다. 이러한 방식은 신정민의 첫 시집에서도 동일하게 발견된다. "아무르 불가사리를 토막 내면/ 다섯 개의 가방과 열 개의 의자와 스무 개의 태양이 생겨요 (중략) 꿈틀거리는 창문과 꼼지락거리는 구름과 기어 다니는 달이 생겨요/ 창문 달린 구름이 자꾸만 생겨요/ 눈부신 당신과 앙큼한 내가 셀 수 없이 생겨요."(「아무르 불가사리」, 『꽃들이 딸꾹』) "아무르 불가사리"가 생성과 증식의 상징이라면, "고르바쵸프"는 분열과 잠재성의 상징이다. 중요한 것은 시인이 뚱뚱한 고르바쵸프 인형에서 또 다른 인형을 발견하는 대신 "다섯 개의 내가 있지"처럼 '나'의 분신들을 찾아낸다는 데 있다.

토막 난 "아무르 불가사리"가 '불가사리들'로 증식되듯이, 거대한 껍질 속에 감춰져 있는 '고르바쵸프 인형들'은 특유의 다양한 형상과 표정으로 인해서 결코 하나로 봉합 될 수 없는 어떤 지점을 가시화한다. 너무 많은 불가사리들이 있듯이, 또한 너무 많은 고르바쵸프들이 있다. 물론 이 복수적인 상태의 정체성들 가운데 하나를 유일한 정체성으로, 원본으로 간

주하려는 것은 다양성과 이질성을 부정하는 동일성의 폭력으로 귀결될 위험이 크다. 그렇다면 남은 선택지는 둘. 하나는 이 복수적인 것 모두를 '나'로 긍정하는 다양체의 전략이고, 또 하나는 이 복수적인 것 모두를, 심지어는 '나'라는 개념 자체를 부정하는 무아(無我)의 전략이다. 이 둘 가운데 어떤 것이 신정민의 시에 근접하고 있는가를 단정하는 것은 쉽지 않지만, 분명한 것은 "그녀가 어딜 가든 따라다닌 기억들/ 온몸을 감고 있다// 얼마나 더 기다려야 빠져나올 수 있을까/ 날개에 커다란 눈을 달고 있는 누에나방/ 좁은 병실 구석에 매달려 있다"(「천잠(天蠶)」)처럼 그녀가 선명하게 정체성의 세계로부터 탈주하려는 욕망을 지니고 있다는 사실이다. 이 경우 그녀의 시 쓰기는 '나' 속의 또 다른 '나들'을 발견하고, 개방하는 '−되기'의 과정이 된다.

　　흔들의자가 창밖에, 식탁의 컵이 화장실 변기에, 꽃병의 장미가 옷장 속에, 새벽 두 시가 아침 다섯 시에, 미운 일곱 살이 마흔에, 불란서 영화가 내 청춘에, 돌아가신 아버지가 애인의 얼굴에, 잃어버린 가방들이 국밥집에,

　　벽에 걸린 시간들이 다르다
　　같은 버스를 탄 사람들의 시간부터 팔짱을 끼고 걷는 연인의 시간까지
　　시계방 주인이 고쳐 준 나의 시간은 그들과 달랐다
　　우리의 약속은 늦거나 조금 빨랐다 내가 도착했을 때 그는

이미 떠난 뒤였다

　수리가 제대로 된 것이다

—「시계를 고치는 동안」 전문

　정체성(identity)이란 변하지 않는 존재의 본질을 뜻한다. 인간에게 '정체성'이라는 관념은 대개 한 인물을 둘러싸고 있는 사회적 관계망 속에서 그의 지위와 역할에 관한 규정과 정의로 구성된다. 그러므로 정체성을 갖는다는 것은 그러한 규정과 정의를 자신의 본질로 받아들이고 동일시한다는 것을 뜻한다. 이 경우에야 비로소 그는 사회적 관계 속에서 주체화 된 개인의 자리를 점유하게 된다. 그러나 감각적인 방식으로 세계와 대면하는 다양한 예술적 형식들이 증명하듯이 우리는 매순간 다른 '나'로 분기하거나 변이와 변화를 연속적으로 경험하면서 살아간다. 오래전, 사람들은 이 다른 '나들'을 가면(Persona)이라고 불렀지만, 원본인 '자아'와 가면인 '페르소나'의 분열이라는 이항적 대립 구도는 감각적인 층위에서 드러나는 '나들'에 가짜라는 혐의를 둔다는 점에서 더 이상 설득력이 없다. 물론, 이러한 경험의 시차적 다양성에도 불구하고 견고한 자아를 구성하려는 시적 노력도 존재한다. 자아의 시학이 탈자아의 시학에 비해, 정체성의 시학이 탈정체성의 시학에 비해 문학적인 성취가 떨어진다고 말하는 것은 지나친 속견이다. 그러나 단일한 '나'라는 정체성의 관념을 기꺼이 반납함으로써 재래의 서정시적 문법과 결별하려는 시적인 움직임이 존재하는 것은 분명한 사실이다. 신정민의 시는 둘 가운데 후자에 한층 근접해 있지만, 그렇다고 전자로부터 완전히 자유롭다고 말할 수는 없다. 그녀의 시 쓰기가 자신의 내부에서 또 다른 '나들'을 발견하는 과정이라면, 이 후자의 '나들'을 정체성의 차원에서 설명하기는 무척 어려울 것이며, 그런 점에서 그녀의 시는 정체성을 확립하려는 시적 노력과는 다른 계보에 속한다고 볼 수 있다. 이것은 그녀의 시에서 주체화의 선분이 매우 불안정하게 작동한다는 것을 의미한다. 이 주체화의 불안정성은, 조금 확대해서 해석하면, 세계와 대상을 불안정성에, 유동성에 의해 감각한다는 의미이기도 하다. 왜냐하면 정체성이나 동일성을 강조하는 시각은 주체화의 선을 현존하는 상태 그대로 고정시키려는 속성을 띠기 때문이다. 그러므로 정체성의 논리를 벗어난다는 것은 자신을 포함한 세계를 잠재성과 유동성의 시선으로 본다는 것을, 그리하여 동일성을 강조하려는 고정적인 시선의 바깥에서 세계를 감각한다는 것을 뜻하고, 궁극적으로 이것은 주체화의 선을 고정시키는 통념과 척도를 부정한다는 것을 의미한다.

「시계를 고치는 동안」에서 어긋난 시계가 바로 그러하다. 이 시를 한 폭의 풍경화에 비유한다면, 그것은 통상적인 정물화와 달리 매우 불안정한 상태의 세계를 그린 전위적인 회화가 될 것이다. 이 풍경 속에서 모든 것들은 기존의 질서를 벗어나 엉뚱한 곳에 놓여 있는데, "수리가 제대로 된 것이다"라는 진술처럼 그 엉뚱한 위치가 곧 정확한 위치가 된다. "흔들의자"는 "창밖"에 있고, "식탁의 컵"은 "화장실 변기"에 있고,

"꽃병의 장미"는 "옷장 속"에 있고, "새벽 두 시"는 "아침 다섯 시"에……. 세계는 매우 불안정하고, 이 불안정한 풍경에서 질서의 흔적을 발견하기는 불가능하다. 불가해한 것은 풍경 속의 정물들만이 아니다. 벽에 걸린 시계의 시간들이 다르듯이, "같은 버스를 탄 사람들의 시간"과, "팔짱을 끼고 걷는 연인의 시간"과, 나의 시계가 모두 다르다. 말 그대로 이 시에서 '시간'은 차이 그 자체이다. 그러므로 정확한 시간, 즉 객관적인/기계적인 시간에 따라 정해지는 '약속'이라는 사건은 필연적으로 수행 불가능한 것이 된다. 그럼에도 시인은 "수리가 제대로 된 것이다"라고 말하고 있다. 애초부터 시간이란 그런 것이다. 객관적으로 주어지고, 시계라는 기계장치에 의해 인위적으로 분할된 시간이란 감각적인 세계에서는 무의미하다. 잠시 우리의 시간 경험을 회고해 보자. 가령 한 편의 흥미로운 영화를 보는 시간과, 연인과 데이트하는 시간과, 지루한 강의를 듣는 시간이 물리적으로 동일하다고 가정해 보자. 우리가 그 시간들을 경험하는 방식은 과연 동일할까. 우리는 즐겁게 영화를 관람하는 세 시간과 지루한 강의를 듣는 세 시간을 정말 동일하게 세 시간으로 경험하는 것일까? 재미있는 영화를 보는 세 시간은 매우 짧게 느껴지는 반면, 지루한 강의를 듣는 세 시간은 하루처럼 길게 느껴지는 게 정상적이지 않은가? 그렇다면 그 시간들이 '세 시간'이라는 물리적 차원에서 동일하다고 말하는 건 정당한 일일까? 만일 이처럼 시간이 모든 인간존재에게, 아니 모든 생명체들에게 다르게 경험되는 것이라면, 적어도 감각적인 층위에서 물리적 시간의 객관성을 운운하는 것이 무슨 의미가 있을까? 신생아의 하루와 죽음을 목전에 둔 환자의 하루와 군 복무를 하고 있는 군인의 하루는 정말 동일할까? 그들이 느끼는 하루의 길이와 그들에게 '하루'라는 시간의 의미는 정말 같을까?

4.

우리는 이렇게 말해야 한다. 이성적으로 지각하는 세계와 감각적으로 경험하는 세계가 본질적으로 다르듯이, 동일성의 시선으로 바라보는 세상과 차이의 시선으로 바라보는 세상은 다르다고. 그리고 또 이렇게 말해야 한다. 정념과 감각의 차원에서 경험하는 세계는 결코 단순하지 않으며, 그 경계선을 그을 수 없을 정도로 역동적으로 움직인다고. 경계가 없다는 것은, 경계선을 그을 수 없다는 것, '긍정'과 '부정'을 쉽사리 구분할 수 없고, '예'와 '아니오'라는 간편한 응답으로 세계와 마주할 수 없다는 것이다. 이러한 '경계 없음'의 세계가 바로 패러독스이다. "패러독스의 힘은 다른 방향을 따라가는 데 있지 않고, 오히려 의미가 언제나 양방향에서 한꺼번에 일어나거나 양방향을 동시에 따라감을 보여 주는 데 있다."(들뢰즈) 패러독스는 둘 가운데 하나를 선택하는 대신 동시에 양방향을 취함으로써 양식(good sense)을 허문다. 그리고 말하는 자의 정체성과 대상의 동일성이 사라짐으로써 상식(common sense)이 허물어질 때, 통상적인 의미인 '뜻'은 더 이상 존립할 수 없게 되고, 대신 새로운 '의미'가 드러나게 된다. 이 새로운 의미가 시적 언어의 진실이며, 하이데거식으로 말하면 일상/상식의 세계를 찢으면서 드러나는 탈은폐로서의 진리이다. "꾸벅꾸벅 조는 동안 예와 아니오,가 튀어나온다/ 손끝에 연결된 심장박동이 불규칙하게 기록된다/ 수정되지 않을 대답들, 모두 사실이다".(「예와 아니오 사이에」, 『꽃들이 딸꾹』)

*

솔# 건반이 올라오지 않는 이유는 시가 되지 못했다

솔, 도 아니고 라, 도 아닌 반음

음을 높이는 과정에서 무리를 주었기 때문이다

세 번째 옥타브에서 소리가 꺼지곤 했다 이른 봄 서리에 탄력을 잃은 피아노

건반 뚜껑을 활짝 열어 놓았다 햇볕을 좋아하는 음계들

*

간유리 속의 불빛

사철 꽃이 피는 부지런하고 예쁜 제라늄은 추위가 치명적이다

시든 제라늄을 살리고자 애를 쓰면서 그린 일기 형식의 그림은

아크릴 캔버스에 배어 있다 둥근 얼굴과 화폭 귀퉁이의 주홍빛 꽃잎은

밖도 아니고 안도 아닌 분명한 불투명

*

불을 켜 놓고 퇴근한 가게는 어둠을 견디지 못한다, 널 지
켜보겠어

보여질 수 있을 뿐인 영역은 언제나 환하다

*

아이들과 부녀자의 손발과 눈을 빼앗는 나비 지뢰도 결국
시가 되지 못했다

알 듯, 모를 듯,

살처분 된 돼지 떼와 찢어진 비닐 그리고 붉은 침출수에 대
한 발굴 금지령이 내렸다

울음도 아니고 비명도 아닌 솔#의 매몰, 생매장

움푹 꺼진 건반을 돼지들의 비명 소리가 잡아당기고 있다

콘트라베이스의 독주를 듣고 있는 내게 또 다른 귀가 열
렸다

*

죽은 이후에야 인정을 받는 화가들, 이라고 썼다가 많은 미
술가라고 고쳐 썼다

시들고 있는 꽃을 살리는 화가를 알아보지 못한 건 나쁜 시
력 때문이다 안경을 쓰고서야 알게 된 세상의 반음들, 내가 예
쁘지 않다는 분명한 사실들

>

   *

발굴 금지 기간 3년은 너무 짧다 침출수가 되어 지하로 스며드는 돼지들의 음역

하지만 나는 반음의 건반이 올라오길 무작정 기다릴 것이다

   *

그래서 런던행 보딩브릿지에서의 키스는 조만간 시가 될지도 모른다

젊은 남녀의 키스, 이륙 시간을 20분 간 지연시킨 사랑에 아무런 항의 없이 모두들 기다려 주었다는 얘기는 감동적이다

—「제라늄 살리기」 전문

탈은폐로서의 진리란 정확히 이것이다. '예'와 '아니오'라는 대답 가운데 하나를 선택하는 방식으로 대답 될 수 없음, '좋음'과 '나쁨'이라는 양식(good sense) 구도로는 포착할 수 없는 세계의 모습. 그러므로 이 시는 첫 시집에 실린「예와 아니오 사이에」의 변주곡이라고 말할 수 있다. "솔, 도 아니고 라, 도 아닌 반음" "밖도 아니고 안도 아닌 분명한 불투명" "울음도 아니고 비명도 아닌 솔#의 매몰"……, 이 모든 '반음'의 불투명성이 시가 되지 못하면서 동시에 시가 되는 역설(paradox)의 세계. 패러독스는 양식에 반하는 계열화를 통해서 양식의 힘과 대결하고 그것을 무력화시킨다. 양식이 고정된 의미를 재생산함으로써 통념의 기득권을 강화한다면, 패러독

스는 이전과는 다른 의미를 만드는 새로운 계열화의 선을 그린다. 다만, 신정민의 시에서 이 패러독스의 사건성은 "하지만 나는 반음의 건반이 올라오길 무작정 기다릴 것이다"처럼 주체의 능동적 행위에 의해 드러나지 않고 '기다림'의 수동성에 의해 획득된다.

시인은 「샹그릴라 일기」에서 이러한 패러독스의 세계를 "높고, 깊은 것이 사라져 버린 화이트 아웃"에 비유한다. "화이트 아웃"이란 만년설로 뒤덮인 높은 산을 오를 때 순간적으로 느끼는 현상으로 모든 것이 하얗게 보이는 경험, 세계와 사물의 경계가 일시적으로 사라지는 순간을 의미한다. 이 경계 없음의 순간 속에서 '높은 산'이라는 상식의 세계는 하얀 것이라는 아무것도 아닌 세계, 그러면서도 모든 것인 세계로 경험된다. 시인에게 '기다림'을 통해서 도래하는 시적 세계의 순간이란 이처럼 통념적인 세계의 분할선과 경계선이 모두 사라짐으로써 선/악, 좋음/나쁨, 심지어 '나'와 '나 아닌 것'의 경계가 지워지는 순간이다. 이 순간 속에서 우리는 유용성과 대상성이라는 통념적 가치가 지워지고, 사소한 것이 중심적인 것이 되는, 비유하자면 시가 되지 못하는 것이 시가 되는 것을 경험하게 된다. 이러한 경험 안에서 세계의 경계선을 고집하고, '나'의 정체성을 붙잡으려는 우리의 이성적 노력이 얼마만큼 성공할 수 있을까. 차라리 "분명한 건 내일 산을 오르는 건 내가 아니라는 것"(「샹그릴라 일기」)처럼 이미 존재하는 한 세계가 균열되어 사라짐으로써 새로운 세계가 열린다는 체험적 진실을 긍정하는 것이 현명한 일이 아닐까. 그리고 이것이야말로 정체성 관념에 기대어 자아의 동일성을 강화하려 했던 지난 시대의 서정시와 오늘의 시가 구분되는 지점이 아닐까. 그러기 위해서라도 우리는 기억의 세계로부터 벗어나야 하고, 일상이라는 유용성의 가치로부터 해방되어 몸과 마음의 감각에 충실한 채로 세계의 탈은폐를 기다려야 하는 것이 아닐까. 분명, '지운다는 것'의 시적 의미는 여기에 있는 것이 아닐까.